Bernhard Friedrich Hummel

Briefe und Urkunden zu der Lebensgeschichte Göz von Berlichingen

Bernhard Friedrich Hummel

Briefe und Urkunden zu der Lebensgeschichte Göz von Berlichingen

ISBN/EAN: 9783743639508

Hergestellt in Europa, USA, Kanada, Australien, Japan

Cover: Foto ©Raphael Reischuk / pixelio.de

Weitere Bücher finden Sie auf **www.hansebooks.com**

Briefe

und

Urkunden

zu der

Lebensgeschichte

Göz von Berlichingen

mit der eisernen Hand

aus dem

Heilbronner Archiv mitgetheilet

und

nach dem vorgelegten Original genau

collationirt.

Fürth,
bey Johann Bernhard Geyer
1792.

I.

Schreiben Götzens von Berlichingen an Heilbronn und Wimpffen.

Sanct Jacobs Abend 1512.

Mein freuntlichen vnd willigen Dienst zuvor Ersamen vnd guten freunde. Jch bin vngezweyfelt Jr habt etlicher massen Wissen meiner Verhandelunggen den von Nürnberg. Nu das Jr aber zu uernemen, was mich also meines fürnemens gegen Jnen verursacht, kompt aus dem Jr nachuolgendt, das ich euch freuntlich bitte, vnuerdrüßlich zu vernemen. Jch hab hyevor zum offtermall Burgermaister vnd Rabt zu Nürnberg geschrieben zwayerlay Weyß, Nemlich nachdem Jörg von Seyßlingen ain Knecht durch die Jrn on Vrsach vom Leben zum Tod gepracht sei, Wie dann derselbigen Entlaybung vnd That halben Hans von Seyßlingen sein Bruder gegen Jnen den von Nürnberg vnd iren Verwandten Jne Vehede vndt Handelung

A 2 stundt

stundt, vnd nu Jörg von Geyßlingen seligen
eben der Zeyt seiner entlaybung mir zu meinen
Diensten versprochen gewesen wer, vnd als-
baldt der entlaybung vnd That angemelten Jör-
gen seligen begangen, an seinen Bruder Hanßen
gelangt, hat er daselbig mir zu erckenen geben,
vndt aus obgemelter versprochener Verwandt-
niß mir zu Diensten mich gepetten, Im darinen
Radt vnd Hilf zu thon, des ich mich dann schul-
dig erkannt, vnd darauf hab ich an die von
Nürnberg gevordert, Hanßen von Geyßlingen
von seines Bruders wegen, auch mir obgemel-
ter desselben seines Bruders gegen mir Ver-
wandtnuß halben für zu kommen zu sein vor dem
Durchleuchtig Hochgepornen Fürsten vnd Hern
Hern Friederichen Marggraven zur Branden-
burg rc. meynen Gnedigen Hern vnd ander mer.
Zum andern nachdem Ir der von Nürnberg
Knecht vnd Diner meinen Freundt vnd Gesellen
Frizen von Libwach heimlich vnd on Vrsach
haben nydergeworffen, der also haymlich in Jren
Schloßen vnd Flecken lang Zeyt gefengtlich vnd
schwerlich enthalten, vnd nachuolgens geschazt
worden sey wider Recht vnd alle Billichayt,
das mir vnd aynem jegtlichen von Adel billich
zu Herzen vnd Gemüthe gieng hab ich auch an
sie gefordert, gemelten von Libwach sein abge-
nottigt Schazgeld widerumb zu bezahlen, vnd
mir

mir als meinem Freund vnd Gesellen umb der
begangen schmach, lehrung vnd Abtrag zu thun,
oder wo sie mainen wollten, des nitschuldig zu
sein, mir fürzukommen, neben andern Churfür-
sten, Fürsten vnd Stenden auff den Hochwürdi-
gen Fürsten vnd Herrn Herrn Laurentzen Bischoff
zu Würzburg meinen gnedigen Herrn. Nu off
die ersten meine Vorderung Jorgen von Geyß-
lingen selig halben ist dieselb Sach dahin gericht,
daß der obgemelt mein gnediger Her Marggraue
Friederich zu Brandenburg rc. zwischen den von
Nürnberg vnd Hanßen von Geyßlingen Tag
sazung gethon, darzu mich auch sein Gnad mei-
ner Vordrung halben beschieden. Nu hat sein
Gnad In dyser Sach nach Nottdurft Verhor-
rung gethon, vnd allem gnedigen möglichen
Bleis furgewandt, zu Vertragt derselbigen Sach
wie sich dazumall die Verordneten vnd geschick-
ten von Nürnberg von aines Radts vnd ge-
meiner Stadt wegen In fürgeschlagen mittehn
so brechtlich vnd stolzmutrigklich haben gehalten,
das laß ich jeztmals auff Im selbs besteen.
Dann das die Sachen dazumall, vnzertragen
bliben, vnd wir von bayden Thailen am ends
abgeschiden sein, damit nu ewr Ersamheit vnd
meniglich mögen versten, was der von Nürn-
berg Dyner vnd Knecht an Jörgen von Geyß-
lingen sel. haben begangen, darumb ich mich

A 3   auch

auch fein als meines verfprochen Dyners nit
unbillig angenomen hab, vnd mich fein noch
annemen Will.

• So ift offenbarlich die Warhait, daß der
von Nürnberg Diner vnd Knecht Jorgen von
Geißlingen fel. feinen halben gantz vnverfehen
auch vnbeforgt aymber Handelung gegen den
von Nürnberg auff dem Waydwerck als er da
wie ain Waidmann zu Fus plos on aymchen
Harnafch geftanden ift, fürfetziglich vber guten
Befchaidt, on alle Flucht jammerlich vnd ellend-
lichen ermordt, unb wu derfelb Jörg in ayn-
chem Verdacht, Befchuldigung oder Beruchti-
gung gegen den von Nürnberg wer geftanden,
ober er wider fie gehandelt het, fo fein die-
felbigen der von Nürnberg Diner vnd Knecht
auf dasmall fo ftattlich da geweßt, das fie In
on allen Widerftand mit Jnen hetten geyn Nürn-
berg bringen, vnb geburlicher Straff, wo er
was verwirckt, vnb fich das an Jm erfunden
hat, gegen Jm gebern mogen. Als fie dann
dazumal feinen Junckern Euftachius von Liech-
tenftein auch verwundt vnb mit In gefurt ha-
ben, wiewoll Jorg von Geißlingen wider ge-
mayne ftatt Nürnberg vntatlichs nit gehandelt,
hat; Als fie Jne dann bisher nit gefchuldigt,
noch auch mit Grunde der Warhayt nit befchul-

bigen

-bigen mogen. Aber das alles haben gemelte
von Nürnberg die Mörder, Thetter vnd mit-
thatter auf frischem Fuß wiederumb zu sich gen
Nürnberg genommen, die da enthalten, sie be-
gonstigt, vnd nit gestraft, wie sie gegen Got
vnd den Rechten schuldig geweßt weren, vnd
werden noch da enthalten. Damit sich die von
Nürnberg dieser mordrischen Handelung von der
Iren an Jörgen von Geißlingen gescheen thayll-
hafftig gemacht, vnd in der von Kaiserlicher
Majeßät vnsers allergnedigßten Hern vnd des
Hailigen Romischen Reychs acht wider der Kai-
serlichen Majeßät Landtfrieden vnd alle des
Reychs Ordnung mit der That verwurckt haben,
ob das seynem Bruder Hanßen aus Bruderli-
chen trewen gegen seynen Bruder zu Herzen
vnd Gemüde gangen, darumb er wider die von
Nürnberg in diese Vehed gewachsen, das geb
ich Ewr ersamkait vnd menigklich zu bedenken,
so hab ich mich auch diß Handels aus obgemel-
-tet versprochner Dinst-Verwantnis Jörgen von
Geißlingen sel. halben, vnd auf Ansuchen Han-
ßen seines Bruders auch billig angenommen,
vnd gedenk mich mit Goz Hilf in demselbigen
zu halten, wie ainem frommen Edelmann ge-
purt, furter in dem andern Handell mich gegen
den von Nürnberg Frizen von Libwachs dersel-
ben meyner Vorderung halben beruerend mich

A 4 ne-

neben, andern Churfürsten und Fürsten Gaist-
lich vnd weltlich, auch andern stenden fürcomm-
ens zu sein, vnd mich zu verhorn vnd aller
Billigkayt erbotten, haben sie die von Nürn-
berg uff mein erbitten mir zugeschryben, vor
meynem gnedigen Herrn von Wurtzburg furzu-
comen, hab ich darauff meynem gnedigen Herrn
von Würtzburg vmb Annemung der Sachen an-
gesucht, das mir dann sein Gnad gnedigklichen
zuschreyben, wo sein Gnad die von Nürnberg
darumb auch ansuchen woll, sich sein Gnad der
Sach beladen, vnd kain Mühe hierinen sparn,
hab ich darauff den von Nürnberg geschryben,
das ich mein gnedigen Hern von Würtzburg
vmb Annemung der sachen vnd Tagsatzung ange-
sucht, vnd Inen nicht wollen verhalten, vnd
hat mich versehen, sie wern Irem schreyben
nachkomen. Das doch von Ihnen nit besche-
hen, dodurch ich getrungen vnd Inen ain Ab-
slag gethon, nach derselben myner gethan Ab-
slag und schrift hat mein gnediger Her von
Wirtzburg ain Tag angesetzt, vff Dinstag nach
Letare nest vergangen zu Wirtzburg vor seynen
Gnaden zu erscheynen vnd Handelung zu ge-
warten, den ich dan seynen Gnaden zu ern mich
mit mynen Hern vnd freundten zu sollichem Tag
geschickt, disse Handelung wie vnd was durch
der von Nürnberg Dyner vnd Knecht durch Ir

zu

zu thun vnb Begunstigung an Frizen von Lib-
wach An meyne Freunde begangen, furzubrengen
was sich aber die von Nürnberg bedacht, daß
sie Jres thons gar kayn Fug hetten, so haben
sie benselben Tag vnb die Handelung abgeschry-
ben vnb on Zweyfell, als ewr Ersamkhayt vnb
ein jegklicher vnpartheylicher zu bedenken hat,
basselben kayner andern Maynung bann sich ge-
schemt Jr vnb der Jren Bethet vnb Handelung
so offenbarlich an Tag brengen zu lassen, des
haben sie mich vervrsacht, das ich zu wayter
Handelung vnb Gegenwere gegen Jnen kommen
bin, die mit ewr Ersamkhayt aber berselben
Mißhandelung bennocht auch vnverborgen bleyb,
So mogen die von Nürnberg nit Widerspre-
chen, als auch offenbahre die Wahrhayt das
Jne der Art der Land vmb Nürnberg ain offen-
barn Gerücht das Friz von Libwach aus Wis-
sen willen vnb Gehayß ains Rabts zu Nürn-
berg hieuor burch ainen genanbt der Kalbersper-
ger ober anbre der von Nürnberg Diner vnb
Knecht nybergeworffen, gefangen vnb all ge-
fengklich in der von Nürnberg Gebieten gefurt,
vnb ba gefengklich enthalten, gethürnt vnb ge-
schazt worben, ban ayner geflanbt Friz Beyel
als bezuchtiget, das er Frizen von Libwach ver-
ratten hab, ist barumb gefengklich angenomen
vnb ber hat auch also bekenth, das er benselben

A 5   von

von Libwach verratten hab, vnd der radt zu
Nürnberg mogen das mit Grund in Maynem
Weegl vernaynen, ban als vff den Tag Fri-
tzens von Libwachs niderlegen von Onnoltzbach
aus der von Nürnberg Gerichtsschreiber der
Wengen-mayger genannt dazumall auch zu On-
noltzbach am Landtgericht geweßt, ist derselbig
offenbarlich berüchtigt worden, auch die War-
hayt das er denselben Tag Eilends Bryf von
Onnoltzbach gein Lichtenaw wider vnd furge-
schryben. Vnd als Fritz von Libwach von On-
noltzbach hinaus verckundschafft vnd in der
Thetter Hend gegeben hab der sich bisher solli-
cher seiner Handelung nit ausgefurt, wiewoll
er nochmalß sich auszufurn angesucht vnd Jme
sich mit seinem Aybe zu raynigen zugelassen,
noch hat er dasselbig nit gethon, auch nit thon
mogen, ban sein Handelung so waitläufftig ge-
weßt, das Jm beschwerlich geweßt ist, zuver-
sichtlich weltlicher Scharm halben vor dyse sein
Handelung zu schweren, darzu als wie obge-
melbt der Kalbersperger als dazumall der von
Nürnberg Dyner vnd als secher dieser That, mit
Willen vnd Hilf der von Nürnberg offenbarlich
beruchtigt vnd in sollichen an Kaiserl. Hof ko-
men, vnd dieser That zu rede gesetzt worden ist,
hatt er das widersprochen, vnd sich deshalben
gegen der Römisch Kayserlichen Majestät ge-
wal-

weltig mit Worten entschuldigt, daß er solli-
cher That vnd Handelung vnschuldig sey. Aber
nicht besterweniger da sich itzt gemelte vbeltet-
ge Handelung lenger mit verbergen lassen wol-
len, hat sich Kalbersperger funden, vnd der
That vnd Handelung angenommen, darauf Fri-
zen von Libwach vmb acht hundert Guldin ge-
schatzt, vnd Fritz von Libwach daß zu Erledigung
seines Gefengknus annemen müssen. Nu las-
sen sich die von Nürnberg in allem irn Thon
vernemen, daß sie genaygt sein zu Handtha-
bung Friedts vnd Rechtens, vnd zu straff der
Vbelthetigen Handelung vnd wollten des gern
bei der Römisch Kaiserl. Majestät auch euch vnd
allen stenden des Reichs Lob vnd rum haben.
So mag doch sollichs in diesem Handell an Fri-
zen von Libwach begangen vnd etlichen mere
iren Handelung mit Grund nit gespurt werden,
dann als sich wie obgemelt der Kalbersperger
diser That vnd Handelung gegen Frizen von
Libwach angenomen ine geschatzt, vnd darauff
auskomen lassen hat, nicht bestermynder haben
die von Nürnberg den Kalbersperger bei Inen
aus- vnd einreyten, Webern vnd wonen vnd
Ine vmb sollich sein vbeltetige Handelung von
Ampts vnd Gerichtswegen nit annemen noch
straffen lassen, wie sy gegen Got vnd dem
Rechten schuldig geweßt wern, obwoll kain Ge-

rücht

rücht vorhanden geweſt wer, ſo hetten ſy ſich
doch billig Kalberſpergers That damit mit Thapf-
haftig gemacht, Jne darinen zu begunſtigen,
wiewoll vnd daneben das offenbar Gerücht auch
geweſen iſt, vnd noch beſtermehr Jnen het ge-
purt ſich mit Straf gegen dem Kalberſperger zu
halten, ſo ſy anderſt mit Grund vnd warhaff-
tigklich wolten, geſpurt vnd vermerckt ſein, das
ſy vbelthathaftige Handelung mit den Werken
gern meynten zu ſtraffen, on Zweifell, wo ſich der
jenen im rabte zu Nürnberg, vnd ſonderlich
auch die, ſo wie man wayß als man es in der
Kochſtuben nent, zu der glich Handelung ver-
ordet ſein uff ir Pflicht vnd Ayde in düſem
Handell ſollten eroffnen, ſy könten ſy ires Wiſ-
ſens willens Hülff vnd Zuthuns in diſem Han-
dell in kaynen Weg reynigen, wie ſich dann
ire Gerichtſchreyber der Wengenmayer vorge-
melt wiewoll auff ſeyn Anſuchen vnd als Jm
das bewillicht iſt, ſeyn Ayd dafür zu thun daß
ſelbig auch nit gethan vnd die Sach ſeinen hall-
ben ſtillſchweygend in Bronnen fallen laſſen,
wo er ſich des allein aus Beſchwernuß ſeiner
Seel halben enthalten, ſo hat er damit gegen
Got beſterwenlger unrecht gethan, vnd des nit
ſchweren Wöllen, was bei ſeinem Wiſſen ge-
ſcheen geweßteſt, vnd dieweyl die von Nürn-
berg diß Handells halben in offenbar Beruch-

ti

kgung geweſt, vnb noch ſeyn, aus ben Vrſa-
chen wie obſtett, ſo iſt ſich beſtmer zu verſe-
hen, bas ſy ben Kalberſperger zu ſollicher ſey-
ner Myßhandellung, bie mit Jrer Hilf zu ver-
brengen, ſchemlich geurlaupt haben, ſich bamit
zu beſchenen vnb alſo biewepl Friz von Libwach
in ſyner Befeſtigung gelegen, ſo iſt wiſſentlich,
bas ber Kalberſperger mit ben vom Abel, we-
ber ſo angenemr noch verbint iſt, bas ſy ine
bes in iren Schloſſen ober Hewſern ſollten
enthalt gegeben haben, allein iſt es geſcheen in
ber von Nürnberg gebit in eynem irem Schloß
vnb als bie von Nürnberg wie obgemelbt wol-
len vermerkt genangt zu ſeyn bas Vbell zu
ſtraffen, obſchon Vbells an Jnen ober ben Jren
nit geſcheen wo ſy bann irn Worten in biſſen
Fellen mit ben Wercken gern wollten volgen,
ſo hetten ſy ben Kalberſperger billig geſtrafft
ober. In bermaſſen nit begunſtigt In nachmalls
wiberumb anzunemen, ſo ſy ſich boch ſunſt vill
fremder Henbell annemmen, bie ſy vnb bie Jrn
nit berürn, als billig hetten ſy es mit bem
Kalberſperger auch gethon. Allein bas ſy be-
gunſtigen wen ſy wollen, ban ſie wiſſen was
hivor bie Jrn gehanbelt haben, an eynem Ebel-
man von Egloffſtein, ben ſy wie ayn Kalb er-
würgt, alsban bie Jrn auch Jörgen von Geiß-
lingen ſel. bermas als ein bloſſen Mann ermorbt
nicht

nicht besterweniger haben die von Nürnberg dſ
ſelbigen Tritter nach begangen Thatten wider=
umb eyn= vnd angenommen vnd umb Jr Myß=
handelung nit geſtraft, vnd thun es noch nit;
damit ſie ſich der Thatten vnd Mißhandelung
aller thanſlhaftig gemacht, vnd in des Heylli=
gen Reychs Acht verwurkt haben. Sollichs
alles hab ich ewr Erſamkhait zu Bericht des
von Nürnberg Handellung nit wollen verhal=
ten, die ich auch hierauf anſuch, vnd vff das
allerfreundlichſt; ſo lich zu thun vermag bitte,
ſollich myne Geſchrifft ewer Gemeinde vnd Mit=
bürgern nit zu verhallten, vnd ob ich was ge=
gen den von Nürnberg vnd den Jren weyters
furnem, als ich mit Gotz Hilf meyner Notth=
burft nach gedenk zu thun mich gunſtlich zu be=
benckhen, vnd die von Nürnberg zu ainigen
Vnguten gein mir oder deſt meyn uch wider
mich nit bewegen laſſen, vnd beſonder auch
mit den ewern verfügen, das ſie mit Jnen zu
handlen im Kauffen oder Verkauffen, damit Jn
das Jr durch die ewern uff Waſſer Landt oder
Straſſen wider mich vnbefribt, ſonder müſſig
ſten, beſonder auch mit dem Gotzpfennyng, da=
mit cyner dem andern vberhülft, damit ich Jn
des zu eyngen Vnguten gein in nit gevrſacht
dan ich daneben mich gar vngern einigs Vngu=
ten gein uch vnd den ewern geprauchen wullt,

vnd

vnd daroff uch hirinen gein mir vnd den myen
so freundtlich vnd gutwilligtlichen halten vnd
beweyssen als ich mich dan des genßlich zu euch
vertrost, dan Jr myr zu aller gepur vnd Bil-
lichkait mechtig, das will ich mit allem Willen
vnd mit sampt meyner Freundschafft umb uch
vnd die ewern freundlich vnd gern verdinen,
vnd des Ewer freundlich vnd gutwillig Antwortt
sammentlich oder insonder geben vff Sanct Ja-
cobs Abent Ao. im XIIto.

Göß von Berlichingen der jünger.

2.

Extract Schreibens Ulrich Arßs Haupt-
manns der Städte des Schwäbischen
Bunds und Burgermeisters zu Augspurg
an Heilbronn. ddo Sonntags nach Bar-
tholomäi 1513.

Ersame vnd Weyse mein freuntlich willig
Diegst zuvor berait lieben Herrn: Alls auf dem
gemainen Versamplungtag des Bundes jeßt nach
sannt Jacobstag zu Norblingen gehalten, der
Durchleuchtig Hochgeboren Fürst mein gnediger
Herr Marggraf Casimir zu Brandenburg, als
Kaiserlicher Comissary in aigner Person, mit
sampt der Versamplung des Bundts zwischen
den beschedigten Bundts-Verwandten vnd den
Landt-

Landfribbrechern und Ächtern gütlich gehandelt,
vnd die Sach zu verhuten, krieg und Aufruhr,
auf hinter sich bringen betadingt, in dem hat
Götz von Berlichingen als der Ächter ainer,
vnd der so die Vehd vnbillicher Weiß fürgenom-
men hatt vnd furt vber das er von Kaiserlicher
Majestät Comissarien zu sollichem Tag beschrei-
ben vnd notturfdigklich verglaitt, das alles ver-
acht, vnd ist ausbelieben, vnd nit erschinen,
vnd an sollichen vnd vorigen vnloblichen Hand-
lungen kain Settigung gehapt, sonnder in Zeitt
der Täglaistung mit sampt seinen Hellfern der
Kaiserlichen Majestät Iren Comissary vnd ge-
mainen Bundt zu noch mer schmach, Schimpf,
Spott vnd Verachtung, den von Nürnberg vnd
andern Bundtsuerwandten vier Wagen mit Zent-
ner güter nach bey Mergentheim die meines
gnedigen Hern Marggraf Friberichs lebendig
Glaitt gehapt haben, rauplich genomen, aufge-
hauen, geblindert, vnd was sy nit haben hin-
weg bringen mugen verbrennt. Darauf dem-
selben meinem gnedigen Hern Marggrafen vnd
den von Nürnberg auch andern Bunds-Ver-
wandten so beschebigett sein auf Ir Anruffen
nach Vermugen der Aynung beschehen, mit der
ganntzen Anzal zu Roß vnd Fuß wie ain yeder
Bunds-Verwandter im Bundt angeschlagen ist,
in krafft der Aynung Hilff zu thun, vnd also
mit

mit den vorigen Beschluſſen vnd Abſchiden zu
Straffung ſollicher vnd dergleichen mutwilligen
vnd boſen Handlnngen furgenommen zu uollfa-
ren beſchloſſen, vnd iſt vnzweifenlich ermeſſen,
wa netz mit dapferm Ernſt in den Sachen ge-
handelt daz man die ganze Zeitt des Bundts
uff beſter friblicher vnd ſicherer ſitzen vnd blei-
ben wird rc.

3.'

Extract Schreibens von eben demſelben.
Ulm Freytags nach des hayligen Creutz
zu Herbſt 1513.

rc. Vnd darauff Romiſch Kaiſerl. Majeſtät zu
vnnderthenigen vnd dem Regiment zu ſonderm
Gefallen vnd damit Jrer Mayeſtät in obgemel-
ten Jren Henndeln vnd Sachen beſtmynder Ver-
hinderung erwachs durch gemain Verſamblung
in krafft der Aynung entſchloſſen, tas mit ob-
gemelter bewilligter erckannter vnd außgeſchri-
bener Hilff bis Zeitt ſtill geſtanden worden,
vnd das ain yeder Bundts-Verwandter on all
Auszug vnd Verhinderung mit ſeiner Anzal Volcks
in krafft der Aynung uff den erſten Tag des
Moſlats May nechſt kommend bey der Peen im
Abſchid zu Nordlingen begriffen gewißlich vnd
vnausbleiblich zu Vffenheim im Veld erſchei-

B   nen

nen vnb hannbeln helfen soll wie petzt beschechn
sein sollt.

Vnb ist barauf ferner beschlossen bas mei-
nem gnebigen Herrn Marggraf Friebrichen vnb
ber Statt Nürnberg sollich Sachen halb von
gemains Vunbts wegen hunbert Rayssiger, all
mit Spiessen gerüst, bie auf sannt Gallen Tag
nechst künftig gewißlich vnb vnuerhinberlich
ju Winbßhaim ju Zusatz jugelegt ꝛc. werben
sollen ꝛc.

<h2 style="text-align:center">4.</h2>

Extraſt Schreibens von eben bemselben.
Ulm Sontag vor Allerhailligen 1513.

ꝛc. Als Jr mir vormals vnb petz bes Zusatz
halben ꝛc. geschriben hapt hab ich vernomen, vnb
ist vorm als auff bem Bunbtstag hie ju Vlm
besloffen bas allweg von Haymenhofen als Haupt-
mann bes Zusatz mit sampt seinen ju verorbnet-
ten Götzen von Berlichingen ainen Weinbsbrief
schicken sollen, als Jr ab eingelegter copj habt
ju uernemen, aber ich hab kürtzlich ain Schrift
vmb Vrsule laurenb von Winbßhaim gehabt,
baß ber Hauptmann bes Zusatz mit sampt ben
anbern ganntz stillstannb, vnnb wart auf Kayserl.
Mayestät vnnb bie Mentzischen Antzall ꝛc.

Gop.

5.

Cop. Feinds Briefs an Gößen von Ber-
lichingen.

Göß von Berlichingen. Nachdem etliche
dem Kapserlichen Bundt des Landts zu Schwa-
ben verwanntten in der Hochwürdigen Durch-
leuchtiggen Hochgepornen Fürsten vnnd Herrn
Herrn Görgen Bischoffen zu Bambergs, auch
Herrn Friderichs Margrauen zu Brandenburg
zu Stettin, Bomern der Cassuben vnd Wenden
Herßog Burggrauen zu Nürnberg vnnd Fürsten
zu Augen Glait vnd sunst durch dich vnnd an-
dere die dir deß verhelffen vnd in deinem Na-
men gethan haben, mit der That merklich an-
gegriffen vnd beschedigt, derhalben wir von
allen stenden des gemelten Kayserlichen Punds
zu Straff und Widerstand sollicher Fridbruch
verordnet sind. Fugen wir dir zu wissen, wes
wir sollichen Beuelch nach gegen dir auch allen
den Jehnen, so zu sollichen Taiten durch sich
selbst oder andern gehelffen gedient geratten wif-
fentlich vnd geuerlich gehaust oder gehalten ha-
ben, oder dergleichen noch tun werden vnd den
etwrn mit der That vnd dem ernst fürnemen vnd
handeln werden, darum nit geacht werden mech-
te vnser Erre zu uerwarren, das wir sollichs
mit diesem vnserm Feindts Briefe völligklichen

B 2   ge-

gethan haben, vnd darum weitter nichts schul=
dig sein wollen. Unnd ziehen Vnns sollicher
vnser Vehde In Vnfrieden vnd Frieden der
Jhenen von der wegen wir gesandt sind. Zu
Vrkund hab ich vnnden genanntter von Haimhofen
als Hauptmann, auch wir nachgemelten n vnd
n vnser jeder sein Jnsigel zu End der Schrifft
in diesen Brief gedruckt, welcher siglung wir
vnns die andern mit gebrauchen. der geben ist.

Nota.

Diesen Veindtsbrief mag der genannt Haupt=
mann mit Rate der Dreyer zugeordnetten
Rette schickhen wohin Sie gutt beduncken
wirtt, oder aber an etlichen Ortten offent=
lich anschlagen, wie Sie deshalben für das
fugtlichst vnnd best bewegen.

6.

Extract Schreibens des Hauptmann Ul=
rich) Arzts Montags nach Oculi 1514.

rc. Also ist yetz auff disem Bundtstag hie
zu Augspurg fürgefallenn, das gemaine Versam=
lung des Pundts den bestimpten Tag soilicher
Hilff bis auf den Sonntag Cantate schierist
kunfftig erstreckt hat, das verkund ich Euch rc.

8. Ex-

7.

Extraꝛt Schreibens von eben demſelben, Freytags nach Oſtern 1514.

ꝛc. Der Sachen halb ꝛc. Iſt Jetz durch Römiſch Kayſerl. Mayeſtät zu Lynntz ain guet-lich Mittel auff hinder ſich pringen abgerebt, vnnd demnach auch aus andern fürfallenden Urſachen der beſtimmt Tag der Hilff mit bewil-ligen und Zugeben der Verwandten des Bunds, ſo die Sach berurt erſtreckt bis auf Dornſtag nach dem hailigen Pfingſtag nechſtkünftig ꝛc.

8.

Kaiſerl. Entſcheidungs-Briefs. In Sa-chen der beſchädtgten Bunds-Verwand-ten gegen Götzen von Berlichingen und Conſort ꝛc..

Wir Maximilian ꝛc. Beckennen offentlich mit dyſem Brieff vnd thun kundt aller menig-klich, als der ſo ſich nennt Götz von Berlichin-gen mit ſampt ſeinen Helffern anhengern vnd Verwandten aus aignem freuenlichen Mutwil-len vnd furnemen vneruolgt apnichs gepurli-chen Rechtens ꝛc.

Demnach ſo haben wir mit Wiſſen wil-len vnd Zugeben der obgenanten geſchickten die Sachen an Vns genommen vnd dyſſen nachuol-

B 3　　　　　　gen-

genden guetlichen Spruch vnd entschaid gemacht
vnd gethon wie hernach uolgt: Nemlich das
den Personen, so Jn obgemelter Vnsers Für-
ften von Bambergs vnd Brandenburgs Glait be-
schedigt worden sein, zu Erstattung sollichs Jrs
Schadens, nemlichen vierzehen tausend Gulden
Reynischer durch N. vnd N in vnser vnd des
Hayligen Reychs-Stat Nürnberg auf Pfingsten
schierst künftig ausgericht vnd bezalt werden sol-
len, Inmassen sie sich dann gegen den obge-
melten vnsern Fürsten von Bamberg vnd Bran-
denburg desgleichen Burgermeister vnd Rat der
Statt Nürmberg genugsamlich verschriben ha-
ben, vnd sollich Gelt soll auf bestimpt Zeyt
Burgermeister vnd Rat der Statt Nürnberg be-
zalt werden. Dieselben von Nürnberg sollen
furter die Aydgenossen dauon des gentzlichen be-
zalen das Jn Jm Bambergischen Gelait ge-
nomen vnd abgeschezt ist, vnd die Vebermas
auf die andern in berurten Glaitten beschedigte,
nach Anzall Jr yegklichs genommen schaden an-
stellen, vnd wie sollich Austhaylung beschicht,
dabei soll es vngewaygert bleyben, vnd die
beschedigten des benuegig sein, vnd vnsere Für-
ften von Bamberg vnd Brandenburg, desglei-
chen Burgermeister vnd Rat der Stadt Nürn-
berg, sollen vns vnd vnsern Erben für sich
selbs Jr Nachkommen vnd Erben der empfan-
gen

gen vierzehen taufent Gulden zu bemelter Beza=
lung der beschedigten notturfftigklich vnd gnüg=
samlich quittiren, vnd fürtter alle vnd yegkliche
Perfonen so in gemelter baider Fürsten Glaits=
pruch beschedigt fein, die follen vns baide vnfer
Fürsten vnd vnfer vnd Jr Nachkommen vnd Er=
ben daruff vmb follich genomen Schäden auch
einen Rat zu Nürmberg als die follicher Beza=
lung austhaylen auch quittiren, vnd Burgermay=
fter vnd Rabt der Statt Nürmberg follen vnfern
Fürsten von Bamberg vnd Brandenburg follich
Quittung fürter zufenden, damit fie Jr Nachko=
men vnd Erben deshalben verfehen, vnd verners
Anzugs vnd Vordrung dyßer Sachen halber ver=
tragen pleiben.

Vnnd diewepll vnfer Fürsten von Bamberg
vnd Brandenburg anziehen Jnen fey durch foll=
chen Glaitspruch mercklich Belaydigung besche=
hen, vnd beßhalben coften, Schaden vnd Inter=
effe auff Veruolgung der Sachen auffgeloffen.
So follen vnd wollen Wir auff N. tag zu N.
gnedigklichen sprechen vnd erclern, was denfel=
felben vnfern Fürsten vnd den Stenden des vn=
fer Kayferl. Bunds des Lands zu Schwaben für
follich Belaydigung, Schmach, Coften, Schaden
vnd Intereße durch die Thäter vnd Verwurcker
verfolgen follen, dazu wollen Wir alle die fo von
berurter That vnd Glaitspruch halben Jn Vn=

fer

fer vnd des hayligen Reychs Acht vnd Aberacht
gefallen vnd verkundt fein, die dyſſen vnſern Kai-
ſerl. Spruch annemen, ſollicher Acht gnediglich
abſoluiren, vnd entledigen, vnd darauf ſollen
die Sachen vnd was die obgemelten drey Glaits-
pruch berurt, auch was ſich von allen Thailen
darunder begeben oder verloffen hätte, von Wem
oder Wie das beſchehen were, zwuſchen Vnſer
Fürſten von Bamberg vnd Brandenburg Bur-
germayſter vnd Radt der Stat Nürmberg den
Stenden vnd Verwandten Vnſers Kaiſerl. Bunds
des Lands zu Swaben, vnſerm Fürſten dem Bi-
ſchoff zu Würtzpurg, ſeinem Capittell, Thumhern,
Reten, Amptleuten, Comönen (Communen) Bur-
gern vnd Verwandten vom Abell vnd andern
nyemands hierJnn ausgeſchloſſen, desgleichen
den ſo dyſes Glaitspruch halben zu zeugen citiert
ſein, gentzlich vnd gar tod vnd abſein, vnd ſie
darauf mit einander gericht geaint vnd vertra-
gen ſein vnd blepben vnd kain Thaill gegen den
andern ſollichs Weyter in Vnguten oder der That
noch ſonſt weder mit oder on Recht äfern oder
anndern noch des yemands von Jren wegen zu
thun geſtatten oder Verhengen, in dhem Weys,
auch alle die, die ſollicher Sachen halber gefan-
gen worden, auff alt gewonlich Vrfehd lebig
vnd all ſchazung, Atzung vnd vnbezalt Abtrung-
gelt vnd Gebing tod vnd abſein, vnd weiter nicht
ge-

geraicht ober gegeben werden, vnd ob etlich von
des gedachten vnsers Bunds Verwandten In Zeyt
sollicher Jrrung vnserm Fürsten von Würtzpurg
Jre Lehen auffgeschrieben oder die senst nit em-
pfangen hetten, denselben soll vnser Fürst von
Würtzpurg vnd sein Nachkommen Jhre Lehen by-
ser Sachen halben vnuerhindert wie sich gepurt
on alle Geuerde vnd Verzug leyhen.

Vnd soverr Götz, Philips vnd Wolff von
Berlichingen Hans von Selwitz vnd ander der
Sachen Verwandt vnd die In vnser vnd des
Hayligen Reychs Acht vnd Aberacht komen,
vnd gesprochen sein, diesen Vertrag vnnd ander
Vnser Beuelh hieneben ausgangen, annemen vnd
von thatlicher Handlung Jr Vehd vnd Veindt-
schafft absteen, auch all Jr Spruch vnd Vorderung
darumb sie Vehd vnd that samentlich vnd son-
derlich furgenommen haben, enntlich vnnd gentz-
lich abstellen oder sich derhalben an ordentlichen
Rechten genüegen lassen, vnd dawider weiter
nichtz fürnemen wolten, das sie alsdann auff be-
stimpten Bundtstag oder In riiij Tagen darnach
auff das lengst Wilhalmen Gussen der Churfür-
sten vnd Fürsten Im Bund Hauptmann endtlich
vnnd notturfftigklich zuschreyben, So sollen sie
durch vns wie sich gepurt von der Acht absol-
uiert werden, vnd nach dem Götz, Philips vnd
Wolff von Berlichingen durch solch Jr That wie

B 5   ob-

obstet, in Vnser vnd des Reychs Acht vnd Aber-
acht gefallen vnd verkundt sein, So wolln Wir
alle vnd yegklichs ir hab vnd Gueter wo die
gelegen, vnd wie die gehayssen sein mechten,
nichts ausgenommen, zu Vnser als Römischen
Kaiser dem sollichs on Mittel zustet vnd gepurt,
Handen einziehen, einnemmen vnd Jnnbehalten,
vnd deshalben zu yeder Zeit nach Vnserm Ge-
fallen damit handeln oder zu handeln gestatten,
so lang, bis sie sich vmb sollich Vngehorsamb
vnd Verachtung, mit Vns wie sich gepurt ver-
tragen, daran vns auch vnser vnd des Reychs
Churfürsten, Fürsten, darunter die Gueter ge-
legen sind, oder von dem sie zu Lehen rüren, des-
gleichen die Stend vnd Verwandten Vnsers Kai-
serlichen Bundts, kain Jrrung oder Verhinde-
rung thun sollen ꝛc. Wo aber die genannten
von Berlichingen desgleichen Selwitz oder an-
dere dyssen Spruch vnd vnser Beuelh hieneben
ausgangen nit annemen, auch in obbestimmpter
Zeyt mit zuschreyben, oder in Vehd vnd Veindt-
schafft verharren, oder sych an gepuhrlichen Rech-
ten, nit benügen lassen wurden, so sollen vnser
vnd des Hayligen Reychs Churfürsten vnd Für-
sten Pfalzgraue Ludwig bei Rein, Herzog Frie-
derich von Bayern, Lorentz Bischoff zu Würtz-
purg vnd Vlrich Herzog zu Würtenberg, vnd
ander vnser Churfürsten Fürsten Stende vnd
                                           Ver-

Verwandten des Reychs gegen Jnen vnd andern, so Jnen Hilff, Beystand oder Fürschub thun, oder sich in ander Wege sollicher irer vngehorsam That vnnd Acht thailhafftig oder verwurcklich machen, als des Hayligen Reychs offen verckundten Veinden Achtern vnnd Überachtern nach laut Vnser vnd des Hailigen Reychs auffgerichten vnd verckündten Landtfriden vnd Ordnung halten, vnd mit getrewem Ernst vnd Vleyß gegen Jnen handlen vnd fürnemen, wie inß demselben Landtfriden vnd Ordnungen begriffen ist, In massen dann die genannten Churfürsten vnd Fürsten vnsern Reten vnd Commissarien, so wir daselbs hin verordnen werden, auff den Tag zu Nördlingen zusagen sollen, darzu, soll die bekanntb Bundtisch Hilff gegen denselben Thätern vnd Verwurckern bleiben.

Vnd Wir sollen vnd wollen als Römischer Kaiser das alles handthaben, vnd volziehen, vnd gentzlich darob halten.

Vnd ob in dyssem Spruch oder Jn ainichem Artickell desselben ainich Mißverstand Mangel oder Irrung durch die Partheyen oder sonst yemands entstüende oder sonst ichts zu spell wie das sein mocht. So behalten Wir Vns beuor, soll auch all weg zu vns steen in demselben weyter Erleuterung vnd Erkanntnuß zu thun.

Dysser

Dyſſer Spruch iſt durch Vns zwuſchen den Botſchaffter vnd geſandten der obgemelbten Partheyen alſo gnedigklich wie vor gemelbt iſt, furgenomen vnnd gemacht vnd Jnen dergeſtalt furgehalten das ſie denn an Jr Churfürſten, Fürſten vnd Herren vnuergriffenlich pringen, vnd dieſelbrn Churfürſten Fürſten vnd Herren auff Pfingſttag nach dem Sonrag Miſericordia Dominj zu Nörblingen vnſern Rabten vnd Comiſſarien ſo wir daſelbs verordnen werden, entlichen Jn aigner Perſon oder durch Jr vollmechtig Anwalbt zuſagen, oder durch Jr Brieffe vnd Sigell gnugſamlichen zu ſchreyben ſollen, ob ſie den alſo annemen, vnd dem nachkommen wollen oder nit. Vnd wan ſie den alſo bewilligen vnd annemen, ſo ſollen ſie alsdann vor Vns erſcheinen, So wollen Wir dyſen Spruch Vertrag vnd andern notturfftig Brieff darüber wie ſich gepurt auffrichten vnd vertigen.

9.

Götzens von Berlichingen Fehde mit Chur Maynz.

Extract Schreibens des Hauptmanns Ulrich Arzts an Heilbronn.

ddo Heil. Pfingſttag Abend 1516,

Erſamen vnnd Weiſen Mein freundlich willig Dinſt zuuor bereit lieben Herren. Als auf

dem

dem Bundstag Symonis et Jube nechst ver-
schinen, zu Augspurg gehalten meinem gnebig-
sten Herrn von Mentz ꝛc. als Bundtsverwand-
ten In Crafft der vnnd nach Vermugen der
Aynung des Bunds wider Götzen von Berli-
chingen vnnd seine Helffer Hilff zu thun er-
dennt, also ist auff dem yetzo gehalten Bundts-
tag zu Norblingen auff ernstlich Ansuchen meines
gnebigisten Herrn von Mentz solliche Hilff von
gemainer Versammlung des Bunds gemessiget,
dergestalt, daß seinen Fürstlichen Gnaden von
gemainem Bundt zu ainem Veldleger neben dem
Zewg so sein F. G. zu Ross vnnd Fuss für
sich selbs haben will, zugeschickt werden sollen
400 zu Ross 4000 zu Fuss also das ains
jeden Anzal auf Jacobi schierist vnuerzcgenlich
Im Veld sein vnnd furtter gepraucht werden
soll, wie sich Innhalt der Aynung gepurt ꝛc.

10.

Extract Schreibens von ebendemselben
Sine d. et l.

Lieben Herrn auff diesem Bundstag hie zu
Augspurg ist aus bewegenden Vrsachen gerat-
schlagt, vnnd beschlossen, das mit dem Mentzi-
schen Veldzug wider Götzen von Berlichingen
vnnd sein Helffer biser Zeit still gestanden vnnd
mei-

meinem gnedigſten Herrn von Mentz auff ſei-
ner Gnaden Begern in ainem Monat dem nech-
ſten darnach uolgende von gemainem Bundt an-
derhalb hunderd Rayſigen zu Zuſatz bis auf ge-
mainer Verſamlung des Bundts Widerabuor-
dern zugelegt werden ſollen ꝛc.

Götzens von Berlichingen Fehde mit dem Schwäbiſchen Bund, als Helfer Her‐ zog Ulrichs von Würtenberg und deſ‐ ſen Gefangenſchaft in Heilbronn.

II.

Cop. Heilbronniſchen Reverſes ddo. Frey‐
tags nach Mias. Dom. 1519.

Wir Burgermaiſter vnnd Rabt der ſtatt zu
Haylpronn, thun kunth allermeniglichen
mit diſſem Brieff, Nachdem der Durchleuchtig
Fürſt vnnd Her, Her Wilhelm Pfaltzgraue bey
Rhein, Hertzog In obern vnd nidern Baiern ꝛc.
Vnſer gnediger Her als in dieſem Hertzug
Obriſter Veldhauptmann in ſeiner Fürſtl. G.
vnd gemains Bundts namen, dem Edelen vnd
Veſten Götzen von Berlichingen zu Ritterlicher
Gefangknus angenommen, In her gen Hayl-
pronn verglubbt mit dem Beuehl von ſeiner
F. G. an vns beſcheen das wir In Götzen von
Ber‐

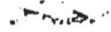

Berlichingen nimands volgen laſſen vberantwur-
ten noch rechts gegen Jm geſtatten bis auff
Seiner F G. vnd gemains Bundts Jm land
zu Schwaben vernern Beſchaid, das wir obge-
melten Burgermaiſtec vnd Radt lawtt ſeiner
F. G. Newerß alſo zu thun bewilligt, getrewlich
vnd ongenarlich, vnnd des zu warem Vrckundt
haben Wir vnſer Statt Secret Jnnſiegel offen-
lich vff diſſen Brieff getruckt, doch vns der
Statt vnd Nachkommen Ju alweg one Schaden.
Der geben iſt vff Freytag nach dem Soutag mi-
ſericordias Dominj, als man zelt, nach der Ge-
purt Chriſtj vnſers lieben Herrn Furfzehen
hundert vnd Neunzehen Jar.

12.

S f reiben der Verſammlung des Schwä-
biſchen Bunds ddo. Eßlingen Sontags
Exaudi 1519.

Weyllend Römiſcher Kayſerl. Mayeſtät Hoch-
loblicher Gedechtnus auch Churfürſten Für-
ſten vnd anderer Stennd des Bundts zu
Schwaben, Bottſchafften, Hauptleut vnd
Rät yetz zu Eßlingen verſammellt.

Vnſern gunſtlichen grus fruntlich vnd wil-
lig Dinſt zuvor, Erſamen vnd weiſen beſonder
lieben vud guten Frund. Wir ſchicken Euch bie-
bey

bey) verwartt ain Copei auer Vrfehd wie vnd
wölcher maſſen mir haben wöllen on Ainich En-
derung, das ſich Götz von Berlichingen gegen
vnns verſchreib vnd verpflicht ꝛc. vnd Erſuchen
Euch demnach als vnſer Bundtsuerwandten wie
vnns in crafft der Aynung geburt zum höchſten
gunſtlich vnd fruntlich bittend, Ir wöllend Je-
mand aus Euch zu der Sach geſchickt, vnd ver-
ſtendig zum furderlichſten zu berurten Götzen
verordnen, vnnd Jm ſollich Vrfehd furhalten,
vnd ſagen laſſen, das vnnſer Will vnnd Mai-
nung ſey, die dermaſſen aufzurichten vnd ob Er
darüber Copey vnnd Bedacht auſſerhalb Ewr
verordneten Beiweſen begern wellt Jm das mit
beſten Fugen ablainen, dann wa er ſich deſs wi-
derſetzen wurd, wir dem in kainem Weg ainich
Enderung thun, vnnd ſo bald auch ſollicher fur-
halt von euch Ju Vnſerm Namen Jm beſchehen,
Jſt vnnſer ſonderlicher Befelch, das Jr durch
Ewr Vertrawt rnnd gehaim, den Zugang, der
zu Jm durch ſein Verwandten geſucht werden
mecht, Jn allweg furkommen, vnnd abſtellen,
vnnd wa Er die angezaigt Vrfehd, nit dermaſ-
ſen aufrichten, das Jr Jn annemen vnnd in
ainen Thurn wol verwart legen vnnd darauß
nit komen laſſen wöllend, bis alſo gemelt Vr-
fehd aufgericht vnnd ſeinem Jnnhalt Volljug
gethon worden iſt, vnnd wöllend hier Jnn nit
seiw-

sewmig fein, fonnder daß alfo mit Ernnft vnnd
ftattlich handeln vnnd thun, wie Jr als Bunds-
uerwandte nach vermög der Aynung fchuldig
feit, vnnd wir vnns vnzweifenlich verlaffen,
daß wöllen wir vmb Euch gunftlich befchulden,
frundlich vnnd willig verdienen. Datum Sonn-
tags Exaudj Anno ꝛc. ꝛc. xiiij.

Der erfte eingelegte Zettel.

Befonnder lieb vnnd gut frund, wir wöl-
len Euch dabey nit verhalten, das genannter
Göz von Berlichingen von vnferm gnedigen
Herrn vnd Obriften Veldhauptmann Herzog Wil-
hilmen in Bayrn ꝛc. dermaff angenomen, daß
Er deß Lebens vnnd Ewiger Gefengfnuß Im
Thurn gefichert, darumb Jr vnfer Befelch an
Euch fo er fich diß pillichen Vrfehbs widerfetzen,
vnd Jr Jn wie vnnfer enntlich Mainung Jft, ein-
legen werdt, das Jr Jn demfelben nach gemäß
halten wöllt, datum vt in literis.

Der zweite eingelegte Zettel.

Vuns ift nit wider, das Jr Göjen von
Berlichingen vnnfer fchrifft, fo wir Euch hie-
mit thun, aufferhalb diß vnnd deß andern ein-
gelegten Zettels, lafen laßt.

C   Ex-

13.

Fxtra&t Conc. Relation der Heilbronnischen Abgeordneten auf den Bundstag nach Eßlingen.

Erwürdig Wolgeborn rc. E. Gnaben vnd Gunst geben wir die Gesandten von Heylpronn zu erckennen rc. rc. — darauff wir Vns als die gehorsamen gen Heylpronn zu E. erbarn Stabt gefugtt selbigs angezaigtt, die als bald die yren mit sampt der Coppei des Vrfehds zu Götzen zu gehen verordneten,dieselben verordneten In Namen des Radts Götzen das Vrfehd vorlaffen, auch Jm sich darinen zu ersehen, selbs zn lessen gaben, darauff Götz geantwurtt: Jm seye rytterlich Gefancknus zugesagt, stelle Er in kainen Zweyfel sy werde Jm gehalten, zu dem sye er des Trosts das sein Schwager Franciscus von Sickingen vnd andere seine Hern vnd Frundtschaft in Hanblung seye, das Er verhoffe, sien Sach soll beffer werden. Er kunnte vnd bedurfe auch hinder Franciscus seiner Rytterschafft hierin vnd in Vrfehd zu geen, noch sich on yren Radt zu bewilligen, Aber In sehe fur gutt an, seine Hern des Bundts stallten Jm zu Konig Karls new erwellten romischen Konigs handen, so sollte manigklich seen, das er sich rytterlich hallten woll, oder halt Jn wie andere

dere ryttermeſſige die auch in der Fehd betretten weren worden, als aber nach ſollicher ſeiner Antwurtt die Verordneten von Rabts wegen als die es gern gut hetten geſſen, mit Jm
Götzen ongever geſprochen als ſie ſich ſelber
von Rabts wegen von denen Artikeln ainem
auch andern vnd ſonderlich der 2000 fl. halben.
Desgleychen Martin Bing halben vnd der andern
nachfolgenden Artikeln diſputtirten vnd red an
ſetzten Jn Götzen zu etwas zu pringen das aber
nit wollt, ſonder er Götz belieb auf ſeiner vorigen antwortt ꝛc.

14.

Schreiben einiger heilbronniſchen Rathsglieder an hieſige Abgeordnete auf den
Bundstag nach Eßlingen. Dienſtag
nach Exaudi Anno 1519.

Vnſer frundtlich willg Dienſt zuvor lieben
Hern vnd gutten Frund. Wir bitten Jhr wollendt als vns nit zwiffellt allen muglichen Fleyß
furwenden, ob ir vns ſollicher merkklicher Be
ſchwerd, die wir for allen Verwandten des
Bunds deßhalbr tragen vnd erlepten muſſen ꝛc.
eintledigen. Den Jr wiſſendt wie beſchwerlich
es Vns gegen ſeyner (Götzens v. Berlich.)
Frundtſchafft allem Adell vnd Nachporn ſeyn

wurdt,

wurdt, wie wyr auch denselbigen gelegen dar-
us In vnd Vns Vorabt erwachsen mag, so wis-
sen Wire auch daß Herzog Wilhelm als ober-
ster Hauptmann Hrn. Gorgen von Fruntsperg
Ritter zu E. erbarn Rabt geschickt, der dan vff
das ernstlichst eim Rabt angebracht, von seiner
Gnaden wegen daß sein Gnaden Gößen von
Berlichingen zu einer reytterlichen Gefangknuß
hett angenommen, der weyß auch seiner Gena-
ben Gemütt wer inen zu halten vnd in Vnser
Statt Heilpronn vertagtt in ein Herperg zu
schweren darumb wer seiner Fürstlichen Gnaden
Gemütt vnd Begert an Vns wytter oder anderst
rechten oder Gewaltts nimannten gegen Im
zu gestatten oder vergonen, begert daruff des
Vnser Zusagung vnd Schein deß Wyr bewilligt,
wey dan Her Jorg von Frontsperg gut wissen
tragt, sollten wyr In nunn zu Thurn legen,
wer der reytterlichen Gefangknus seinem als dem
obersten Hauptmann vnd Vnsern Zusagen vnd
bewillichen vngemeff vnd besorg vns on sunder-
lich Befell Herzog Wilhelms verwißlich. Item
so ist er Göß von Berlichen Vnser der von Heil-
pronn gefangener allein nit, sunder Herzog
Wilhelms vnd fillicht des gantzen Bundts.
Sollten bann wir von Helpronn allein dermaff
so ernstlich handlenn, wider Herzog Wilhelms
als obersten Hauptmanns Befell, wer Vns be-
schwer-

schwerlich vnd wann es nit besser mocht wer-
den, so geschee es doch billich durch Vnsers
Hern Hertzog Wilhelms vnd des Bundes Ver-
orttenten vnd nit allein durch Buß, mochten Wyr
auch best baß verantwurtten den Wyr werden
es allein nit konnen ußrichten, als Jr selbs
wolle verstenn megen, aber so wyr gantz ver-
tragen sein mochten wer das best ꝛc.

Conrad Erer und Hanß Wyßbrunn.

15.

Extr. Schreibens der Bunds = Versam-
lung zu Eßlingen, ddo. Mittwoch nach
Exaudi 1519.

11. Zum hochsten gunstiglich vnd fruntlich
Bittend Jr wollent zusampt Maister Wolfgang
Gronnynger der von Eßlingen Sindicus disem
gegenwerttigen den Wir darumb sonderlich abge-
fertiget haben, yemannd aus euch zu der Sach
geschickt vnd verstendig zum furderlichsten zu be-
gurten Boßen verordnen ꝛc. ꝛc. Vnd sobald
auch sollicher Furhalt von Maister Wolfgangen
vnd Ewern verorduetten In Vnserm Namen im
bescheben, Ist vnser Sonderlich Befelch ꝛc.

Nota:
Im übrigen ist dieses Schreiben mit obi-
gen ddo. Sonntags Fxaudi völlig gleich-
lautend.

C 3   Dem

Dem Eßlingischen Syndico wurden ze-
hen Heilbronnische Rathsherrn als Com-
miffarien an die Seiten gesezt.

16.

Gözens von Berlichingen eigenhändige
Ercklärungen über die ihm vorgelegte
Urfede.

Erstlich loben Hern vnd Frunt so hab ich
Eur Anbringen von wegen der gemeinen sten-
ten des Bundts alfo verstanten, Schazung
Azung zu geben vnd dorneben zu verbindten,
das mich nit vnbillig befremt, das man mich
weyter vnd fester helt, dan ein andern vom
Adel auch hyvor mich vber dy Rytterlich Ge-
fenckniß, dy mir zugesagt ist, das ich bewysen
kan, in ein Dybsthurn gelegt vnd dorneben
auch gefencklich enthalten, das ich doch keins
wegs verdint hab, funder mich in meiner Ge-
fenckniß wy ich verstrickt bin gewesen, gehalten
wy eim ryttermeßigen vnd frumem vom Adel
wol anstat. Darum mein dynstlich Bit Je wölt
mein gnägigst vnd gnädig Hern dy Fursten auch
ander mein gnedigen gunstigen Hern vnd Frunt
von Jrem Furnemen weysen, vnd von mein
wegen vffs allerunterteinigist biten das Sy ir
Vngnadt so sy vnbillig zu mir haben, abstelen
wd.

wölen, angesehen daß ych ye geneigt bin, den ern noch zu handeln vnd mych off Forw vnd Ros ledig zelen, wy hernoch folgt, Erstlich gyb ich euch zu erkenen, baß ich verste wy daß mein gnädigst vnnd gnedigen Hern auch ander mein Hern vnd Frunt mein thalb in Handelung sten solen, dorumb Jr als dy verstentigen erachten kunt mich aufferhalb in Handelung in nichts zu begeben, angesehen das mir meines Verstandes nit wol anstunt mich on irn Wyssen in etwas zu bewylligen.

Aber nychs destminder so wyl ich mich des bewylligen dywyl ich doch auch K. M. vnsers Allergnedigisten Hern gefangner bin, das ich mych frey an K. M. ergeben wyl, was seyn K. M. mit mir macht, das wyl ich leydten.

Wu das nit seyn wyl, das ich mich doch der Bylickeit noch nit versy, so wyl ich mich bewilligen das ich meins gnedigen Hern Herzog Ulrichs halb seiner F. G. Fedt nicht annemen noch Hylf oder Furschub ton, auch dorneben ein alt Vrfedt wy bey der Ryterschaft von Alter herkommens ist ton.

Item ob auch mein gnädigst vnd gnäd. Hern dy Fürsten oder anader mein gnedigen gunstigen Herrn vnd Frunt auch Stent im Bunt achten

C 4   das

das ich um etlich Zuſpruch oder Forderung ſo
ich zu dyſer Zeit zu Jnn hat oder vermeint zu
haben ſo wyl ich mich auch bewylligen das ich
dyſelben ſpruch frei an K. M. onſern alergne-
digiſten Kunig geſtalt wyl hab n.

Jtem vnd dyweyl ich verſte, das geredt
wyl werden dy Landtsknecht ſolen mich geſchetzt
haben, dorzu ſag ich das myr wyder Got Er
vnd recht mit Gewalt Vnrecht geſchicht, das
es was ſey ſo iſt der gemein Kriegsbrauch wan
man ein ſchatzt ob er weniger wer dan ein vom
Abel, ſo iſt er on al entgeltnis frey letig vnd
das war ſey ſo hot mich Her Jorg Druchſes
gefrogt, ob mich dy Knecht geſchetzt haben, ha-
be ich frey geſagt, Nein, ſo welt ich auch gůen
wyſen wy wol es den Landtsknecht anſtunt, wan
ſy mich geſchetzt heten vnd mich nochvolget ſol-
ten vberantworten, aus den vnd andern ſyl
Vrſachen dy ich wol mer mit Worheit wyßt
anzuzeigen, mogen mein gnädigſt, gnäb. vnd
gunſtigen Herrn vnd Frunt abnemen das mir
mit Gewalt Vnrecht geſchicht, das megt ich
mit Got vnd guten Ern behalten bey der Pflicht
dem ich den Krichs Rebten von wegen aler
Bunt Stentzs geton hab, iſt in dem auch mein
dinſtlich Bit Jr wellt mein g. g. vnd gunſti-
gen Hern vnd al Stendt im Bundt von meint-
wegen vff das hochſt vnd vntertenigiſt biten,
mich

mich nit weiter zn bringen, angesehen Recht
vnd Byligkeit, der ich mich versy das al Stendt
im Bunt derselben holt sein ꝛc.

Götz von Berlichingen zu Hornbergt.

17.

Schreiben Franzens von Sickingen und der
bey ihm befindlichen Ritterschaft an Heil=
bronn ddo. Lentzingen Sambstags nach
Exaudi 1519.

Vnsern gunstlichen grues freuntlich vnd
willig Dienst seyen Euch zuuor berait. Wel=
cher massen der vest Götz von Berlichingen vnn=
ser besonder lieber Vetter, Frundt vnd Swa=
ger. In einer Fürstlichen Eerlichen Vehd ni=
dergelegen; in Ritterlich Gefengknis angenomen,
vnd in Ewer Stat Hailpronnen als der ver=
trauten betagt worden, ist Euch wissend. Vnns
lanngt aber yetz glauplich an. Wie vnterstan=
den werden soll, Ine auß derselben Stat Hail=
pronnen in andere ennde, hin vnd her zu schlai=
ffen, Vnnsers achtens on viler hoher vnd Ade=
licher Stende des Pundts zu Schwaben Peuel
oder Wissen. Dieweyl Er nun, wie obgemelt,
in Ewr Stat betagt, sich daselbst noch auch zu
euch oder den Ewern darfur wirs genßlich ha=
ben, keins argen versicht, Begern vnd bitten
wir

wir all vnd yeder befonder mit gunftigem vnd
freuntlichen Bleiß, Jr wöllet genanten Götzen
aus Ew. Stat nit nemen, noch dar Innen
durch yemands vergeweltigen, fondern in dafür
fchuzen, auch in erlicher ritterlicher Gefengtknuß,
wie dan im zugefagt, vnd vns Vertröftung ge-
fchehen ift, behalten bleiben, vnd euch darwi-
der durch etlich Bundtsverwandten feine Miß-
gönner nit bewegen laffen, Dan wir ye dafür
halten, das gemainer Stend Gemiet oder der-
maffen Beuelh nit fey. Solt aber follichs ge-
fchehen, vnd Götz vber Jme gethane Zufagung,
vnd vnns befchebne Vertröftung durch yemandts
vnd in Ewer Stat befchwert werden, kund Jr
als die verftenbigen ermeffen, was Vnrat Euch
gemainer Stat vnd Ewern Nachkomen daraus
erwachfen mag, das alles Wir befonder Ewer
vnd auch anderer halben lieber verhuet vnnd
vermitten fehen wolten, dann vnns ye mit nich-
ten Ernhalb gemaint noch zu gedulden, wa
gegen Götzen anders dann mit ritterlicher Fengt-
nus vnd Jne aus t Stat Hailpronn zu
fchlaiffen furgenumen wird, dagegen zu berue-
gen, foonder dawiber furzunemen vnd zu trach-
ten das man Spuren folt, vnns folchs von Vnn-
fern vnd gemainer Ritterfchafft wegen laib vnd
nit lieb were, Wir fein aber wo Vnferm Be-
gern Volg befchicht, Euch vnd gemainer Ewer

Stat,

Stat, die vnns sonst Fruntschafft vnd Gefallen erzaigt haben, zu freuntlichem vnd geselligem Willen genaigter. Vnd wie wol wir Vnns des alles der Billichait nach zu Euch als den Erbarn zugeschehen versehen. Begern Wir doch in disem Ewer freuntlich gunstig beschriben Antwort bey disem vnnserm Botten. Datl. Lenzingen, Sampstags nach Exaudj Anno 1519.

Frantziscus von Sigkingen, keys. May. in Hispanien Ertzhertzogen zu Oesterreich Obrister Leuttinant.

Johann Graf zu Naffaw, Her zu Beyelstain.

Schengkh Ernst Freyher zu Tautenberg all Grafen Herrn Ritter vnd die vom Adel, So bey mir Frantziscus von Sigkingen obgemelt zu Lenzingen versamelt ligen.

Auffschrifft.

Den Fürsichtigen Ersamen vnd Weysen Burgermaister vnd Rat der Stat Hailprunen.

Vnnsern besondern lieben vnd guten Frunden.

13.

18.

Schreiben Herrn Jörg von Frontspergs an Heilbronn, auß dem Lager bey Vachingen den 11ten Juny 1519.

Mein freundlich dienst zuuor besonder guet Frunde. Ich wirde glewblich bericht. Wie Jr Götzen von Perlichingen feunklichen angenomen vnd Jne in ainen Diebs thurn gelegt haben sullet das ban wider alle Handelung were so Jm durch meinen gnedigen Hern Hertzog Wilhelmen von Bairn ꝛc. der Ritterschafft, der vom Adel vnd die Kriegs Rete beschehen vnd zuegesagt ist, desgleichen wer es dem Abschid vnd Hand- lung nach mit Euch seinthalben vngleich gethan. So fer denn dem also were, des ich mich doch keineswegs zu Euch nit bersseh, sonder werde an Jme von Euch gueter Glauben gehalten, oder wie es ain gestalt het, Jst mein Beger mich des- halben entlich vnd grintlichen eylends berichten wellet. Vnd wo es je also were, so ist aber- mal mein pir vnd beger, mit Jme pis auf weit- tern meinen Beschaid vnd Vnderricht in mitler Zeit in nichtzig eylen, furnemen noch handlen, damit desshalben weitter Vnrat so daraus ent- steen möchte, durch die Ritterschafft vnd ander verlyben werbe, vnd das nicht vnderlassen, dar- auf wil Ich von Euch fürderlichs Bescheids bey
disem

dlſem meinem Poten gewertig ſein, datum im
Velbleger bey Faichingen am 11ten Junj Anno
donj ꝛc. im 19⁰.

G. v. Frundsberg.

19.

Extract Conc. Heilbronniſchen Antw.
Schr. ſ. d. et l.

Geſtrenger Edler vnd Ernveſter, vnſer wyl-
lig dienſt, auch was wir Ern vnd guts vermo-
gen zuvor an, gunſtiger lieber Her. Ewer Schrei-
ben den Edlen vnd Ernveſten Sößen von Ber-
lichingen betr. haben wir yrs Innhalts verno-
men, vnd zu bericht hat es die ●●alt ꝛc. — ꝛc.
diewepl es dan ye hat müſſen ſein, war er Göß
zu Gefancknuß zu geen angenomen, aber nach
volgendts haben Wir Jm zu Ern ſollich Gefenck-
nuß gemilbert vnd auf vnſer rabthaus in ain
luſtig Stuben laſſen thun, vnd wo es in vnſerm
Gemueth vnd Willen ſtundt, liber gar ledig ſtel-
len, mogt yr vns in gantzer Warhaytt glauben
vnd getrwuen mit ſo flepſiger Bytt vns ſolchs
nit zu verargen ꝛc.

Anmerk. Heilbronn berichtete dieſen Vorgang
ſogleich an den Bundshauptmann, ſuchte
bey den benachbarten Reichsſtädten und
hauptſächlich bey Freiherrn Chriſtoph von

Schwar-

Schwarzenberg, des Schwäbischen Bunds
Statthaltern über das Herzogthum Wür-
tenberg um Hülfe an. Lezterer erlies Be-
fehle an die benachbarte Würtenbergische
Amtleute, der Stadt bey einem Angriff,
sogleich beizuspringen, versprach 400 Knech-
te, und ordnete den l.t. Königspach ab,
sich mit hiesigen Deputirten ins Lager zu
begeben, die Sache zu vermitteln. In
dem Heilbronnl. Schreiben an die Regie-
rung des Herzogthums Würtenberg wird
der von Götzen selbst in seinem Leben be-
schriebene unzeitige Ausbruch seines Hel-
denmuths bey seiner Einthürnung folgen-
dermaßen bestätiget.

20.

Extract Heilbronl. Schreibens an die
Würtenbergische Regierung ddo. Frei-
tags nach Exaudi 1519.

Wolgeborn gestreng Edel Hochgelert rc.
E. G. und Gunst tugen wir zu wyssen rc. — rc.
Also hat Götz solche Urfed kains wegs wollen
annemen, sonder sich in die were gestelt dermaß
sen daß er in Namen gemeins Bunds mit Gwalt
hat müssen angenomen und zu Gefancknus ge-
furt werden rc.

21.

21.

Schreiben Herrn Jörg von Frontspergs an Heilbronn ddo. 13. Junii A. 1519.

Mein fruntlich Dienst sein Euch zuuor sonder guet Frundt. Ewer Antwort betr. Gözen von Berlichingen, hab ich vernomen, vnd darab gefallen, aber daz Geschray daz Im nit Glauben gehalten werden soll, ist vnder die Raisigen vnnd daz Fuessvolth so weyt khumen daz ich forg, es werde Euch deshalben zuziehen, daraus Euch Vnrath entsteen möcht, will aber Verhuettens halben sein so lang Ich mag, darauf Euch zu guet schickh Ich hiemit zu Euch in Eyll meinen Leytenendt Jacoben von Wertnaw, mit Schrifften vnd Abschrifften auch mündlicher Werbung mit Euch des Gözen halben zu handeln wie Ir dann von Im vernemen werdet, darJnnen wellet Im gleich als mir selbs bißmals glauben, vnnd Pitt Euch Ir wellet bedenckhen was Nachthail Euch daraus entsteen möcht, verhuett vnd abgestellt werd, daz wollt Ich Euch gueter Maynung nit verhalten, Datum im Velbleger zu Ennzwehingen am 13. Tag Junj A. 19°

Jörg von Frontsperg
Ritter.

22.

22.

Extr. der Stadt Antwort Schreibens ddo.
Donnerstag nach dem Pfingsttag Ao.
1519.

Gestrenger ꝛc. Im Handel gegen den Edel
vnd Vesten Götzen von Berlichingen haben Wir
mit sampt dem Edlen vnd Ernvesten Jacoben
von Wernaw ain Abredt geton laut der Arti-
ckel so E. G. zuschickt ꝛc. vnd wo es ymer bytt-
lich vnd moglich were vnser flaißyg vnd fleyßig
Bytt E. G. wolte selbst personlich zu vns her-
ein gen Heylpronn komen, sollichs helfen endt-
lich zu vollstrecken ꝛc.

23.

Hrn. Jörg von Frontspergs Urckunde über
den von ihm vermittelten Vergleich ddo.
17ten Junii 1519.

Ich Georg von Freuntsperg zu Mindelhaim
Ritter Obrister Veldthauptmann der Grafschafft
Tyrol vnd diser Zeit kuniglicher Mayestat zu
Hyspanien, veber alles Fußvolgth Obrister
Hauptmann, Beckenn. Nachdem sich sachen
zuegetragen haben, das Götz von Berlichingen
in der Stat Hailpronnen aus seiner ritterlichen
Gefengknus darinnen Er dem Pundt zu Swa-
ben

ben verpunden. Auf deſſelbigen Punbts, ver-
ordnet Commiſſarien oftmalen emſig anſuchen vnd
ernſtlichen geſchehenen Beuelch in ainen Thurn
gelegt iſt, des ſich dann Frantziſcus von St.
ckingen, ſampt ſainem rayſigen Zeug, den Wol-
gebornen Grafen, Freyherren, Rittern vnd
Knechten vom Adel, desgleichen die Fueßknecht
ſo Götzen nider geworffen vnd dann gemainiglich
alle andere des ganzen Fueßhauffens Grafen,
Herren, Ritter andere vom Adel Hauptleut vnd
Knecht, die yetz im Velvt vor Hailpronnen ne-
beu obgemelts Frantziſcus rayſigen Zeug in ku-
nigklicher Mayeſtät zu Hyſpanien ꝛc. Dienſtli-
gen, hoch vnd mercklich beſchwert mit ernſthaff-
ter erhaigung ſollichs nit zu verbulten vnd doch
in beſteen zu vermeydten Weytterung vnd andere
Vnrät ſo daraus flieſſen möcht, mich vleyſſig-
klich vnd gräßlich angeſucht vnd gebetten haben,
darob vnd daran zu ſein, auf Weg vnd Mittel
zu trachten, damit Götz, widerum in ſein rit-
terliche Im zugeſagte Gefengknus allermaſſen
wie vorgeſtellt wurd, auf ſolch der Grafen,
Herrn, Gemainer Ritterſchafft, Hauptleut vnd
Knecht balber Hauffen zu Roß vnd Fueß freunt-
lichn vnd der obgemelten von Hailpronnen, da-
mit ſy diſer ſachen halben zu billicher Entſchafft
vnd friden kommen, ſlechlich begern, vnd bit-
ten, auch aus andern moegklichen beweglichen

D   Vr-

Vrfachen hab ich als Bundtsverwandter vnd
sunderlich kunigklicher Mayeftat zu Hyfpanien
obgemelt Dienfts halben dar Inn ich difer Zeit
ftee, damit mir dar Inn Irer kunigklichen Maye-
ftát zu hohem Náchthail kain Verhinderung er-
wuechs, mich Im beften, baiden tailen zu ge-
fallen, vnd guetem vnd kainer andern Geftalt
folcher fachen vnd Handlung, die Ich nit fuegk-
lich gewifft abzuflagen, beladen, vnd nach grof-
fer vil gehapter Müe gethanem Bleyff vnd Vn-
derhandlung difelb dahin bracht, vertragen vnd
bethedingt auf maf vnd form, wie Artigkels
weyf nachuolgt.

Am Erften fol Götz von Berllchingen Sich
in allerwaff wieuor in die Herberg darin er ge-
fem, vnd in Ritterliche Gefengknuf vertagt,
dargue mit glübden verfaßt geweft widerumb in
diefelbig ritterliche Gefengknuf ftellen vnd bey
folchen phlichten Er wie uor dar Innen zu
beleiben verpunden gewefen, hinfür dar Innen
beleiben fol, als er dann dem ftrenngen Herrn
Jörgen von Freuntfperg Ritter 2c. zu thun bey
Edelmanns Glauben auf die vorgethan feine
phlicht zugefagt hat, vnd ob er abgefangen wur-
de, fich wie vor in all weg widerumb darain
gen Hailpronn zu ftellen fchuldig fein fol.

Am andern, das die von Hailpronn fich
Verfchreyben vnd zuefagen, Götzen ain Jar lang
ain

ain Ritterliche Gefengknus zu laffen vnd zu hal-
ten wie er dann erftlich herein gen Haylpronn
in das Wirthshaus vertagt kommen vnd gelobt
hat, vnd Jne in der Zeit niemandts heraus zu
gehen noch volgen laffen, Es were dann das
mit Wiffen vnd Willen gemaindts Pundts Göz
von Hertzog Wilhelmen in Bayern vnd des
Pundts Kriegs Rethe die Jm bey trawen vnd
glauben ritterliche Gefengknuß zugefagt haben,
vnd zu folcher feiner Gefengknus Handlung vom
Pundt fonnderlich verordnet geweft fein, fo uil
der yederzept bey Leben, fammentlich vnd ain-
helligklich ritterlicher Gefengknus gleich oder
gemeff geforbert oder gemant wurde, wie mit
Jnen Abrede befchehen ift, oder das in mittler
Zeit Vom Pundt die fachen geringert, oder Göz
ganz mit dem Pundt vertragen wurde.

   Zum Dritten, ob yemandts des Hann-
dels halb der Pundts-Verwandten von Gözen
wegen in mittler Zeit niderlege, fol fich Göz
deffelbigen zu feiner erledigung nichts zu behelf-
fen haben oder mügen.

   Zum Vierdten, fo das Jar wie oblaut
verfchienen, vnd darinnen nichts gehandelt, fol
nicht beftweniger Gözen füraus fein ritterlich
Gefengknus beleiben, vnd wie zugefagt ift bay-
derfepts on ainich Enderung gehalten werden.
Auch

Auch er Göz in gethaner seiner Verphlichtung
fur vnd fur steen, vnd in annder ende ausser-
halb der Stat Hailpronn bis zu seiner entlichen
entledigung nit gefuert noch gemant oder betagt,
sonnder bey obgemelt ritterlicher Gefengknus
gelassen, vnd dieselb an Jme vnuerbrochenlich
gehalten werden sol ꝛc.

Diese Abred Vertrag oder Betebigung ist
allhie zu Hailpronnen beschehen, von allen thai-
len bewilligt, angenommen, zu halten zugesagt,
vnd versprochen worden. Des zu warer Vr-
kundt habe Ich darüber biser schrifften fünf
gleichlautend mit meinem aufgebruckten Bett-
schafft verferttigen lassen, vnd aignem Handt-
zaichen verzeichnet, dero eine den Stenden des
Pundts zu Swaben zugeschigckbt, die ander mir
selbst behalten, Frantzen obgemelt die ı dritte,
der Stat Hailpronn die vierdte vnd Gözen von
Berlichingen die fünfte behandet vnd vbergeben.
Freytags den Sibenzehenden des Monats Juny
Anno Dom. Funfzehen Hundert vnd im Neun-
zehenden.

(L. S.)   ·   Jorg von Frontsperg Ritter.

24.

24.

Extr. Schreibens des Bunds Haupt=
manns Ulrich Arzts an Heilbronn. ddo.
Sonntags Trinitatis Ao. 1519.

Ersamen vnd Weysen mein freuntlich wil=
lig Dienst voran lieben Hern, Ewer Schrey=
ben von wegen Hern Jörgen von Fronntspergs
vnd des von Sickingen Ansuchen Gözen von
Berlichingen Fengknus betreffend rc. vergange=
ner Tag an mich gelangt, hab ich vernomen
vnd das von stund an meinem gnedigen Hern
Herzog Wilhelmen zu Bayern rc. vnd die an=
dern meine Zwen mit Bundts Hauptlewt ge=
bracht, daruff ist durch sy vnd mich als diser
Zeitt für das fruchtbarlichst berattschagt vnd
der Sach halb Schrifften an Kunigl. Mayestät
von Hiespanien Comissarien vnd Her Jorg von
Fronntsperg mit Einschliessung Coppeyen Ewers
Anruffens, hiemit geuertigt rc.

25.

Extr. Schreibens der drey Hauptleute des
Schwäbischen Bunds an die Kaiserli=
chen Comissarien ddo. Sontags Trini=
tatis Ao. 1519.

Hochwürdigster Fürst gnedigister Herr, Wol=
gepornen Edeln rc. Mir der Stett Haubtmann
D 3   ist

ist von den von Hailpronn ain Schrift, laut
hierin verwartter Copej, zu kommen ꝛc. — ꝛc.
So ist an E. F. G. vnd Sonst vnser vndertä-
nig vnd vleißig pitt E. F. G. wolle allenthalben
nach Gelegenhait der Sach wie pillich beschicht
beherzigen vnd mit Hern Jorgen von Frontsperg
vnd dem von Sickingen als kuniglicher Maye-
stät von Hyspanien vnd des Hauß Osterreich
Dienern, Verwandten vnd Jren Anhengern ey-
lents vnd zustundt das sy den von Hailprunn
nichtzit dann das mit Jneu verschafft ist, thun,
kains argen oder vnguts gewarten, sy oder die
Jren mit nichten beschedigen vnd gemain Stend
des Bundes an Jrem fugelichen vorhaben vn-
betruebt lassen, auch anders so darauß entsteen
möcht vmbgangen mit höchstem Ernst verfuegen,
sy dazu vermugen vnd halten ꝛc.

26.

Schreiben der drey Hauptleute des Schwä-
bischen Bunds an Hrn. Jorgen von
Fronntsperg, welches aber erst nach zu
stand gebrachten Vergleich eingelauffen.
ddo. Sonntags Trinitatis Ao. 1519.

Vnser fruntlich willig Dienst zuuor Edler
vnd gestrenger lieber Vetter vnd Gunstiger Herr.
Mit der Etet Hauptmann ist von den Von
Hail-

Hailprunn ain Schrifft laut hier Inn verwarter Copey zu kommen, die haben wir nach gestalt der Sach nit mit klainer Beschwerd sonder mercklichem Befrembden vernommen, dann alles das so mit Götzen von Berlichingen durch die von Hailbrunn vnd gemains Bunds sonderlich gesannten fürgenommen, ist dergestalt durch vnser gnedigist vnd gnedig Herrn Churfürsten vnd Fürsten vnd gemain Steud des Bunds also wolbedächtlich auf nechstgehalten Bundstag zu Eßlingen beschlossen vnd mit Jnen auff Jr widern zum höchsten verfugt, vnd sonderlich mit Wissen vnd gutem Willen vnnsers gnedigen Herrn Hertzog Wilhelms Jn Bayern als damals obersten Veldhauptmans Jn deren F. G. vnd gemainer Stend des Bunds Handt gedachter Götz von Berlichingen steet, beschehen, vnd dem, dauon Jr vnnd der von Sickingen meldung thun wöllend vnnd Götzen zugesagt sein soll, gar nit wider, auch niemands mainung. anderst dann dasselb zu uollziehen, souer Götz das, so gemainer Bund für Jn par bezalt widerumb entricht, wiewol er, wie Jr wißt, vil ain mererer Summe zu geben versprochen hat, auch das Erber rechtmessig vnnd pillich Vrfehd dar Jnnen Jm nichtzit dann das Er vom Rechten schuldig vnnd Jm furgehalten ouffricht, dermassen vnnd anderer gestalt oder lennger nit, dann pis Er

bem-

56

demfelben als der pillichait Votz thut, Er In
Gefangknus zu enthalten verschaft, wie fugk=
lich nun vber sollichs dergleichen Anmutung von
Euch vnnd dem von Sickingen an die von Hail=
prun gethan, ist bej Euch selbs als den Hoch=
uerstenbigen wol zu bedencken, vnnd dieweil
Ir nun lieber Vetter vnnd gunstiger Her, dem
punbt zugethan seyt vnnd euch gar nit wider
desselben Verwannten, desgleichen andern so
mit Im punbt sein, in disem Fall zehanndeln ge=
zimpt, auch Ir mögt ermessen wo ainicherlay
dem punbt aus Eurm anhalten nachthails vol=
gen, das sollichs an Euch zu erhollen gedacht
werden möcht, so ist an Euch guter getrewer
Maynung vnnser Ersuchen frundtlich vnnd
diennstlich pitt, Ir wöllend den von Hailprun,
die nichtzit dann das mit Inen zum böchsten
verschafft ist, thun kains argen oder Vnguts ge=
warten, sy oder die Iren mit nichten beschedi=
gen, oder zu beschehen gestatten, vnnd gemain
Stenb des punbs an Irem fuglichen Vorha=
ben vnbetrübt lassen, vnnd Euch hier Innen
wie Ir gemainen Stenden vnnd Euch selbs zu
gut schulbig seit, erzaigen das Wöllen Wir vmb
Euch allzeit fruntlich vnd mit Vleis verdiennen,
Datum Sonntags Trinitatis Anno 1790.

Die drey gemain Haubtleut des Bunbs
zu Schwaben.

27.

27.

Schreiben Herrn Jörgs von Frontspergs an Heilbronn ddo. 22ten Junii Anno 1519.

Mein fruntlich Dienst zuuor guet frundt, mir ist ain Schreiben von den brei gemainen Hauptleuten des Punbts gestern zuekommen vnnd bar Innen ain Abschrifft wie Ir Inen geschriben habt. Vnd verstee baraus ewren Schreiben als lieb bie Sach mir vnd Franciscken von Sickingen euch von wegen Götzen von Perlichen zu vberziehen. Nu wist Ir wie Ich euch, anfenklich zugeschriben vnd wie treulich ich Euch zu guet gehanblet hab. Demnach het ich mich zu euch nit versehen, mich also zu vervnglimpfen barauf ist mein Beger Ir wellend berürten breien Hauptleuten ain Abschrifft meins ersten Schreibens euch gethan, zueschicken, vnd mich gegen Inen entschulbigen, besgleichen schick ich Inen auch ain Abschrifft bes Schreibens so Ir mir gethan habt, bes will ich mich zu euch versehen, bamit der Vnpillichait nach kain Unschulb auf mich gelegt werbe. Datum Mentz am 22. Tag Junii Ao. 1719.

Jörg von Frontsperg
Ritter.

28.

28.

**Extract Antwort Schreibens ddo. Dienſt-
ſtag nach Unſerer lieben Frauen Tag
Viſitationis 1519.**

ꝛc.

Gůnſtiger lieber Her vnd Frundt Ewern
nechſten Schreiben ꝛc. nach ſchicken Wir E. G.
hiemit Abſchryfft der zwey Brief Ewers Bege-
rens vnd fůegen dabey zu wyſſen das vnſer ge-
ſannte Bottſchafft vor Vnſerm Herrn dem Haubt-
mann vnd etlichen des Bundts ſo vil ſy der jetzt
erraichen haben mogen ꝛc. derſelbigen guetwyl-
ligen flyſige Handelnng mit Vns auf das flyſſi-
giſt vnd allertrewlichiſt gethan zum hochſten ent-
ſchuldigt haben, mit Anzaigung das E. G. va-
terlich rytterlich vnd als ain getrewer Bundts-
Genoß gehandelt ꝛc.

29.

**Extract der Stadt Inſtruction an ihren
Abgeordneten nach Augſpurg, die Recht-
fertigung ihres Vergleichs wegen Gö-
tzen von Berlichingen Gefangenſchafft
betreffend. Freytags nach Pfingſten
1519.**

ꝛc. Als nun Franciſcus von Sickingen Rai-
ſigen der Grauen, Freyherrn Rittern von Adell-
haupt-

hauptleutte vnd Knechte beider Hauffen zu Roß
vnd Fuß der gewar wurden, haben sy sich mit
dem ganzen hellen Hauffen der Statt Haylpron
genehert hinein geschriben, geschickt einbotten
vnd begert Jnen Götzen zuzustellenn oder wider-
umb in sein zugesagte ritterliche Gefangknus ꝛc.
Widerum komen liessen, oder aber solliche ernst-
liche Handlung gegen gemainer Statt Hailpron
vnd den Jren furzunemen, die Jn zu verder-
ben vnwiderbringlichem Schaden raicht mit vber-
ziehen, die Dörfer verbrennen, verderben, die
Frucht vnd Waingarten schlaiffen, auch der
Statt wo müglich zu schaden, wie sy sich dann
des offenlich haben lassen vernemen hören, vnd
sehen lassen, Wie dann Jr Obristen die den
stenden des Bundts vnd der Statt Haylpronn
guts gynnen, bey höchstem Trawen vnd Glau-
ben das es war sey, angesagt, vnd wolten auch
nit von dannen weichen, noch abschaiden es
were dann geschehen, oder wollten darumben
Jr Layb vnd Leben wagen, verlyeren vnd dar-
strecken, man must Götzen sein Zusagen vnd rit-
terliche Gefengknus halten, vnnd kurtzs ob das
vnnd kain anders, dem Götzen geschehe Vn-
recht, Jm seye anderst zugesagt worden, nit
zu thurmen, sonder ain Riltterlich Gefangknus
des sich die von Haylpron nit vnpillich Hoch
vnd mercklich beschwerdt, vns der Beschwerd
vnd

vnd Ernſt ſy die Jren zu Jnen in das Leger
abgeuortigt für laſſen halten, Götz lig nit In
des Rabts ſonder in des Buybts Geſangknus ꝛc.
das alles nit ſein hatt wollen, dann kurtzs das
vnd kain anderes vnd von ſtund an gegen vns
angemaſt. den Trunck im Leger einander daruff
bracht, ſo nun der Rabt nit Verer hatt megen
kpmen vnd ſahen den ernſt vnd Mocht dem Rabt
zu Haylpron kain Bedacht noch Verzug ge-
beyhen ꝛc. — ꝛc. Zu dem ſolten die Jm Leger
den Angryff gethan, vnd dyßer Zeitt der Ern
Frucht vnd Weingartten, ſo ſy·der arm Man
nach vergangen ſchwern thewernn Jaren em-
pfangen ſolt haben, geſchlaifft vnd verderbbt
vnd die Jn Mangell geſtanden Dörffer verbrendt,
vnd verherbt, ſo iſt die Gemain zu Haylpronn
ſo ernſtlich, das ſy Götzen zu tod geſchlagen
auch ſein Hawßkraw die groß ſchwanger iſt
mit Jm, on andere emperung ſo ſich erhept
hett ꝛc. — ꝛc. aus der Rott vnd kainer andern
Vrſach iſt der Rabt in die Abred mitel vnd Weg
mit Rabt vnd Hilłff bemelts Hrn. Jörgen von
Frounſperg Ritter als Bundts - Verwandten
vnd Mitlers ꝛc. Vnder thaydigern berürts Hern
Licten des Regiments zu Stufgarten ꝛc. in allem
guttem gangen lawt der Abredt durch ſein Streng-
haitt auffgericht vnd verhofft der Rabt mit ſampt
Hern Jorgen vnd dem Licent. der groſſen Rott
vnd

vnd Gefahrlichaitt so den Stenden des Bundts auch dem Rabt vnd den Jren daruff gestanden, diweill doch den Herrn des Bundts nichtzit daran gelegen vnd Götz ain Weg wie den andern gefangen vnd dan der Bund niemandts zu Beschwerd sonder zu Frid vnd Ainigkaitt furgenomen nit vnzimlich gehandellt dan ain Erber Rabt des Gasts als die entlegenen den man doch an ander Ort wol hett mögen thun vnd darauf ihme groß Vnrw vntreglich Cost vnd Expens gangen vnd erloffen auch bei aller Rytterschafft gerings umb vnd sonst Vnwollens, den sy lange Jare zu schaden denen Jren nit vederwinden werden, erlangtt haben, billich erlassen weren belyben 2c. Sollichs hat ain erber Rabt zu Haylpronn Euch mainen Herrn Hauptleutten vnd Rätten nit wollen bergenn 2c.

30.

Extr. P. Sti. hiesigen Raths Schreiben an dessen Abgeordneten nach Augspurg Sontags Trinitatis 1519.

2c. Nach dem in der Jnstruction statt, wie Wir Götzen aus dem Thurn genomen, in ain Stuben gethan 2c. so hapt yr ewer Antwurtt vnd Entschuldigung seiner Krankhaytt halben —. Dan es ain zartter Man ist, vnd den bösen

Thurn

62

Thurn nit hat mögen erleyden, er were gestorben, were dem Bundt, in Ansehung er Leybs vnd Lebens gesichert, beschwerlich vnd kains wegs zu verantwurtten auch hoch verweyßlich ꝛc.

31.

Extr. Schreibens der zu Nördlingen versamelten Bunds Ståndte Gesandten an Heilbronn. Sambstags nach Jacobi 1519.

ꝛc. Auf vnsern newlichen Befelch in kurtz ewern Gesandten, Götzen von Berlichingen halb, gegeben, tragen Wyr nit klain Befrembden, das vnns noch bisher deshalb kain Verstantnt wie die Sach stet zukomen, ist demnach vnnser ernnstlich Beger, das yr von stundt angesicht bitz Brifs ewer Gesandten so in der Sach gehanndelt haben, zu Vnns hieher gen Nördlingen schicken vnnd Vnns der Sach halben lawttern Bericht thun lassen, ferner danach habend zu richten. ꝛc.

32.

Extr. Schreibens hiesiger Abgeordneten von dem Bundstag zu Nördlingen S. d. et l.

ꝛc. Wir fügen E. W. zu wissen das die Sach als vnns ansicht noch nit Vbel stett man hatt

hatt vnns in Götzen von Berlichingen Handel
schon yetz und munblich vnnd schryfftlich in der
Bundts Versamlung nach der Lenge gehörbt vnd
warten allein Beschaydts der vns vber vnser
fleyßig anhangen aus der vile mercklich geschafft
der on Zall sind, noch bisher verzogen :c. Man
hat hysher mit dem Margraffen vnd denen von
Nürnberg vnd der Landtschafft Wirtenberg so
vil zu schaffen gehept das niemand für kont
komen :c.

33.

Fürschreiben einiger von Adel an das Kriegs
Volck des Schwäbischen Bunds Gö-
tzens von Berlichingen Befreyung betr.
Freytags nach Exaltat. Crucis 1519.

Vnser vnderthanig willig freintlich Dienst
zuvoran, Wolgebornen Edlen Gestreng. Vesten
gnedig gunstigen Hern. Vetter schweger gut
Freindt vnnd Gesellen auch all Hauptleut, Be-
nerich, Weybeln vnnd from Landßknecht jetzo in
Dinsten des Bunds zu Schwaben, vnnd sonder-
lich zu Haylprunn Euch ist (on Zweyffell) woll-
wissend, wie Götz von Berlichingen vnser Bru-
der Vetter Schwager ohem Freind vnd gutter
Geselle von etlichen fromen Landßknechten zu
Meckmulen gefangen ist worden, von den Im
auch

auch ritterlich Gefengknuß zugesagt Es sein auch
dieselbigen Landsknecht als Wir vernemen, von
ettlichen Haintleutten die nit bei der That ge-
wesen, hoch vertröst, sie sollen thon als from
Landsknecht vnd gemelten Sötzen nit vberant-
wurten, sie wollen mit dem hellen Hauffen zu
thuen tretten, vber diß alles ist obgemelter Götz
von Berlichingen Vnser Bruder, Vetter, Schwa-
ger Ohem Freind vnnd gutter Gesell dem Ge-
main Bund vberantwurttet worden, vnd von
desselben Kriegs Retten gemelter Vnser Bruder
vnnd Freindt furter in ain Ritterlich gesengknuß
gen Haylpronn in ains Wurtzhauß vertagt, aber
vber sollichs Zusagen gweltigklich auß sollicher
Herberg genomen, vnd in ain Diepsthurn (das
er nit verdienet hat) gelegt wordenn, leit auch
noch auf disen Tag zu Hailpronn in Verpflicht
alda Im auch vnbillich zumuttung weiter dan
Kriegsrecht auff Im trägt, begegnett, dartzu
sein off bepder seytten Leut nidergelegen vber
denselben ist kainer gehalten worden als Vnser
freindt das vns dan nit vnbillich befrembt so
er doch in bißem Krieg nichts anders dan seines
Heren halb gehandelt hät, wie ainem von Abell
woll anstet, Er hat auch fur sich selber (als Wir
achten) mit dem Bundt in vngut nicht zu thon
gehapt wiewol er von verschinen Jaren ettlicher
Fürsten vnd stett des Bundts Feindt gewesen,

lit

iſt er derſelben Sachen vertragen vnd gericht,
barumb er ſollicher Handlung billich entlaben
wer. Nun langt vns neben dem allem an, es
well geredt werden, vnſer Bruder vnd Freindt
ſey geſchetzt wordenn, das gemelter Vnſer Bru-
ber vnb freindt gar nit geſtett, vnb ſagt frey
das kain grundlich Handlung mit Jm geſchehen
ſey. Niemand möge auch mit Warheit ſagenn,
es iſt auch woll zu glauben, dan es wer ja ain
vnbillich Sach wo Jn die Landßzknecht geſchetzt,
vnb furter vberannttwurtt ſolten haben Dartzu
langt Vns weyter an, das die Hauptleut vnb
Landßknecht die Vnſern Bruder Freundt und
Schwager gefangen Gelt vom Punbt empfan-
gen ſollen haben, vnb Jnen nachuolgens vber-
anttwurt. Das Wir doch den fromen Landß-
knechten gantz nit zuachten, verhoffen auch das
ſollichs gemainer frumer Landßknecht Will ober
Maynung nit ſey, ban bergleichen von Jnen
vormals nit erhort; Jſt hierauff Vnſer Vnber-
thenig freintlich vnb binſtlich Bitt, E. G. Gunſt
vnb Freintſchafft wellen ſollichs zu Hertzen ne-
men, angeſehen was allen frommen Rittern vnb
Knechten Nachteyll vnb Red auß diſem Handell
erwachſen möcht, vnb baran ſeyn, das gemelter
Vnſer Bruder vnb freindt wie Kriegs Gewon-
heit Jnhellt, vnb auch fromen Landßknechten woll
anzimpt vom Bünd erlediget, ober auf das we-

E   nigſt

nigſt In k. Maylt. Vnſers allergnedigſten Herrn Handt geſtellt werde, das wellen Wir zu der Billichait vmb Ewer G. Gunſt vnd Freindtſchafft auch vmb alle Kriegs Volck jetzo in des Bunds Dienſt verſamellt vmb ain jeglichen inſonderheit mit Vnſerm Leib vnd Gut vnderthenig. vnd willigen Dinſten allzeit verbinen. Datum auf Freytag nach Exaltat. Crucis Ao. ꝛc. 19.

Frantz vnd Joachim von Thyngen, geuettern.
Beyd, Philips vnd Karel Echter gebrueder
Thoman vnd Melchior von Roßenberg,
Philips vnd Wolff von Berlichingen.
Wilhelm vnd Karel von Schaumberg.
Philips Weys von Sewerbach.
Hans von Ernberg.
Philips von Rudickheim.
Lyps vnd Mangolt von Erberſtain.
Ditherich vnd Caſpar von Weyler.
Hans Jerg von Aſchaußen.
Rud Syßell.

Auffſchrift.

Den Wolgebornen, Edlen, Strengen Erbern vnd Veſten Hauptleuten, Venderichen, Weybeln vnd gemainen Landsknechten ſo jetzo in Dienſten des ſchwebiſchen Bunds zu Haylpronn vnd anderswo verſamelt ſeindt ꝛc.

Vnſern

Vnsern gnedigenn gunstigen Heren lieben
Schwegern, Oheim freinden vnd gut-
ten Gsellen.

34.

Schreiben der Stadt an den Bundshaupt-
mann. Sambstags nach Apollonia
1520.

Ernvester fürnemer vnd Weyser ꝛc. Vns
langtt an vnd ist das Geschrey bey Vns wie
Götz von Berlichingen aintweders durch Ro-
misch vnd Hyspanisch kunigl. Mt. vnsern aller-
gnedigisten Hernn ꝛc. oder durch Vnser gnabi-
gist gnedig vnd günstig Hernn der Versamlung
des Bundts im Landt zu Schwaben ꝛc. seiner
Gefangknus, darinen er nunmer ein gutte Zeytt
bey Vns gelegen ledig gelassen solle werden.
Nun wyßt Ewer Furnemen, wie der Handell
zwischen Im Götzen vnd Vns stett, was wir
von Gemains Bundtswegen gegen in haben
mueßen handeln gefangcklich annemen, das Vns
vnd gemainer Statt, wo er also vnnser vnbe-
dacht solt hinweg komen, gantzs beschwerlich ꝛc.
ꝛc. So ist an Ewer Furneme Vnser gar Fleyßig
Bytt ob dem also were, das man In Götzen
wellt ledig lassen ꝛc. das E. Furneme wolle gün-
stigklichen darob sein, das Vnser nit vergessen

E 2   sonder

sonder auch besonderlich als dann die Nottburfft
erfordert, in den Vrfehden bedacht werde, da-
mit Wir gemeine Statt vnd die Vnnsern auch
sicher vor Im vnnd seinem Anhang vnd ver-
wandten beleyben ꝛc.

35.

Antwort Schreiben des Bundt Haupt-
manns Ulrich Arzts Mittwoch nach Va-
lentini 1520.

Ersamen vnd Weysen mein frundtlich wil-
lig Dinst zuuor lieben Herren.. Ewer Schrei-
ben von wegen Götzen von Berlichingen ꝛc. yetzt
an mich gelanngt, hab ich vernomen, vnd ist
nit mynnder Götzen Frundtschafft aus Frann-
cken vnd derselb Götz haben durch Schrifft bey
denen Königl. Statthalltr vnd Reten vnd auch
der Bundts Versamlunng gehanndelt vnd An-
bringen gethan, was Inen darauf für Antwurt
gefallen ist, werden Ir ongezweiffelt bey Götzen
wol vernemen. Aber ich will auf sollich Ewer
Schreyben, wa auf diesem Bundstag Götzen
lebig lassens halb ychtzit weyters gehanndelt
wirdt, allen getrewen Fleiß furwenden vnd an-
dern, das darynn Ewer nit vergessen sonder Ir
versehen werden ꝛc.

36.

Schreiben Franzens von Sickingen Vincula Petri 1521.

Vorsichtigen ersamen Wysen Hern vnd Insonder gutte Freund was ich liebs vnd gutts vermog sy vch mit Vleis zuuor bereit Ich byn vngezweyffelt Ir als die von der Erbarkeit synnt noch in frischer Gedechtnus was der Strenge Her Jorg von Frontsperg zu Mundelnheim Ritter, Kayserl. Mayestät in der Grasschafft Tyroll Obrister Veldhauptmann vnd ich Goetzen von Berlichingen vnsers fruntlichen lieben Swagers vnd syner Gefengnus halb mit uch In Handelung zu Zeit der Wirttenbergischen Vheb-gestanden, vnd die Sachen damals also abge-tett, vnd geteidingt worten, das Ir uch fry bewilligt, begeben vnd Zusag gethon, Goetzen in ritterlicher Gefengnus bis vff syne geburlich Erledigung in ewer Statt zu behalten, dawidder nit beschweren noch daruß In ander ende widder synen Willen füren oder verrucken zu lassen. Mich langt aber itzt an, als ob villeicht solicher Zusage Enderung gescheen soll, vnd Goetz entweder anderst gehalten oder vß ewer Statt zu beschwerlicher Verhafftung verruckt werden, das wo dem also gescheenen Abscheit vnd gethoner Zusage ganz ongemeß. Were auch obernannten

E 3　　　　Hern

Hern Jorgen vñb mir so des noch mit uch von
gemeyner Ritterschafft vñd alles Kriegs Folts
wegen ju Roß vñd Fuß Götzen vñd syner Ge.
fengnus halb gehandelt, wie Jr wissent, hoch,
beschwerlich vñd nit vnbillig ju mißfallen rei.
chen, Wir versehen vns aber ju vch als ern.
liebenden haltung vñd keyner Verbrechung
noch enderung des so Jr wie obluut jugesagt,
deshalb myn gar fruntlich bitt, vch niemandts
dawidder jchts furjunemen bewegen, oder In.
furen ju lassen, sonder das so In massen wie
obstet syn Götzen halb bewilligt vñd jugesagt,
ju halten, als ich mich ju vch der billichen Er.
barkeit nach ju geschehen onjweiffelich vertrost,
vch auch bey meniglich vñd aller Ritterschafft
ju Lob vñd Gonst reichen wirt das willich vor
myn Person fruntlich vmb vch vñd gemeyne
Statt verthienen, ju dem wirtt solichs vch bey
andern vom Abel ju grossen Gonst thienen.
Solt aber widder solchen Abscheit Bewilligung
vñd Zusage in ander Weg gehandelt werden,
khonnen dannocht Jr als die verstendigen er.
messen, ju was guttem Nutz vñd willen eyn
seinlichs erschiessen wurde, das jeye vch auch
als denen Ich mit gonstigem Willen geneigt byn
wie michs angelangt, Im besten an, dan wa.
rin ich vch vñd gemeyner Statt fruntlichen Wil.

len

Ien zu erzeigen wůſte were ich geneigt. Datum
Ao. ic. 21. Dorſtags vincula petri.

Franciſcus von Sieckingen.

Auffchrift:
Den Vorſichtigen Erſamen Wyſen
Hern Burgermeiſter vnd Ratt der
Statt Heilbron, mynen inſonder
lieben vnd gutth frunden.

37.
Copia der über dieſe Urphede ausgeſtellten
Bürgſchaffts Urckunde. St. Gallen
Tag 1522.

Wir nachbenanten Conrat Thumb von
Neuburg Erbmarſchalck des Fürſtenthuub Wirt-
tenberg ic. Dietherich von Weyler zu Batwar
vnnd Beylſtain Oberuogt, Conrat Erer zu
Hailprunn Wolff Rauw von Wynenden be-
kennen offenlich für vnns vnd vnſer Erben vnd
thun kund allermeniglich mit dem Brieff, das
wir vnd all vnſer Erben gemainlich vnd vnver-
ſchaidenlich alſo was Ann ainem abgen wurt,
das es an dem andern zu gen ſoll von wegen
Götzen von Berlichaim recht vnd redlich ſchuldig
ſyen, vnnd gelten ſollen vnd wollen gemainen
Standen des Bunds im Land zu Schwaben,
wie die yetzundt von des zehen jehrigen Bunds
Ainung begriffen ſeyn zwan Tuſend Gulden Rei-

E 4   ni-

nischer an Gold vnd gebreichlich gemalner Landß
Werung die die genannten Bundßstend hievor
fur Jn Götzen entricht vnd bezalt haben, die
sollen vnd Wellex Wir Vnser Erben den benan-
ten Bundßstenden vngeuerlich weren vnd bezah-
len, von Datto des Brifs ann zurechnen in Ja-
res Frist des nechstenn volgent vnd anntwur-
ten gen Vlm in die statt dem geschwornen Bur-
germaister daselbs gegen zimlicher Quitung vn-
verzogennlich on Wiberred auch für all Jrung
aucht Krieg vnnd Ben vnd gentzlich on allen
Jren Costen vnnd Schaden, Wo aber Wir oder
Vnnser Erben das nit thetten, wes dann die vor-
genanntten Bundßstend des darnach Schaden
nemen oder zu schaden kommen, Es were von
pfandung, Jrung nachraisenn, Brieffen, Bot-
tenlonn oder andern reblichen Sachen one ge-
uerd, denselben Schaden allen mit sampt dem
Hauptgut wir Jme auch guttlich außrichten vnnd
bezallen sollen on Wiberred vnnd gentzlich on
allen Jren schaden, vund sie haben also des
Schadenn genommen oder nit alle dieweyll wir
sie vmb Hauptgut vnd alle scheben aller Ding
nit bezalt haben, in der Weyß wie vor stet,
so haben die vorgenannten Bundßstend darnach
wan sie wellen vollen Gewalt vnnd gut Erlaupt
recht Vns vnnd Vnnser Erben alle gemainlich
oder Vnnser aiuen Zween oder mer vnnd yedes
Er-

Erben darumb Jn Laiſtung zemanen gen Vlm
Jn die Stat Jn aines Erbern offen Gaſtgeben
Wurtshaus, darauff auch zu ſtunden Vnnſer
yeder ſo alſo gemaut wert, mit ſein ſelbs Leyb
ainem ralſigen Knecht vnd zwayen laiſtbaren
Pferden Jnn acht Tagen denn nechſten nach ſol-
licher Mannung Jnlaiſtung Jnfarn vnnd alba
laiſten recht gewonlich vnuerdingt nach Laiſtens
Recht vnnd alſo aus der Laiſtung nit komen noch
dero vmb kain Sach nit lebig ſein; die berurt-
tenn Bunds ſtend ſeyen dan zuuor vmb Haupt-
gut vnd ſcheden aller Ding ausgericht vnd be-
zalt, vnnd die Egerurten Bundsſtend haben des
alſo wie obſtat Schaden genomen, oder nit oder
Wir ſamenlich oder ſonderlich ſeyen alſo in
Laiſtung genannt oder Wir laiſten oder laiſten
nit, ſo haben nicht deſt weniger die obgenann-
ten Bunds ſtend vnnd wer Jnen des verhylfft
wenn ſie wellen vollen Gewalt vnnd gut recht
an gericht vnnd an clag oder ob ſie wellen mit
gericht gaiſtlichen vnnd weltlichen vmb mit clag
vnns vnnd Vnnſer Erben alle ſamenlich oder
Vnnſer ainen zween oder mer vnd jedes Erben
ann allen vnſern Leutten vnd Güttern ligenden
and farenden allenthalben anzugryffenn zu nöt-
ten vnnd zu pfenden, wie vnd wa ſie des be-
kommen mögten vnnd wie Jnnen das am Be-
ſtem fugt alles vngefreuelter Ding gegen aller-

E 5   meni-

meniglichen, daruor auch Vnns vnnd Vnſer Er-
ben noch kain Vnſer Leut noch gut ligends noch
Varennts ſamentlich noch ſonderlich nichtzit freyen
fryben ſchirmen noch bedecken ſoll, kain Frey-
ung Aynung Buntnuß, Glait, Gewalt, Gebot
noch Verbott gericht noch recht weber gaiſtlichs
noch welltlichs noch ſonſt nicht zit hiewider zu
Schirm ymer erdenckhen mocht dann Wir Vnns
für Vnns vnnd all Vnnſer Erben des alles vnnd
yedes Schirms vnnd Behelffs vnnd ſonderlich
des gemainen geſchrybenen Rechtens das gemai-
ner Verzeyhung ſo nit ſonderung hat, wider-
ſpricht gegen den gemainen Bunds Stenden
hiemit in crafft dis Brieffs gar vnnd genntzlich
vertzigen vnnd begebenn habenn alles ſo lang
vil vnnd gnug bis dieſelben Bundsſtend vmb
die vorgerurten zway Tauſendt Gulden Reini-
ſcher Hauptguts vnd alle erlitten coſten vnnd
ſcheden aller ding außgericht, gewert vnnd be-
zalt worbeu ſein gar vnnd genntzlich on allen iren
coſten vnnd Schadenn alles getreulich on all
Argeliſt vnnd vngeuerlich vnd des alles zu wa-
ren vnd veſten Vrckund ſo haben wir all obge-
melt vnnſer aigen angeborn Innſigell für Vnns
vnnd all Vnſern Erben offentlich gehenckt an
dieſen Brieff, der gebenn iſt, an ſant Gallen
des heyligen Apts Tags als man zelt nach vn-

ſers

fers lieben Herrn gepurt funffzehen hundert
zwantzig vnnd zwey Jar.

38.

Schreiben Götzens von Berlichingen an Heilbronn am Tag Martini 1522.

Ersame Weyße Burgermeister vnd Rath
zu Heylprunn, nachdem ich gantz vnnverschuldt
Nun vierthalb Jar In Gesengknus In euer stat
vffeuthalten, vnd so Ich auß solcher Verhafftung
hab wollen kummen hab Ich ein Verschreybung
vber mich müssen geben ben stenden des punds
zway tausendt Gulden zu geben vnd mein Atznng
zu bezallen, auch ain jelichen im Bundt bey
recht pleiben zu lassen, das ich dann der Mey-
nung bin, mich drein wie ein frommen ritter-
messigen geburt zu halten, auch mein Zerrung
zu entrichten vnnd bin des Eins gewest dem
Wirt do ich bey gezert lieber hundert Gulden
mer wann ich im schuldig, dann Im hundert
Gulden abzuschlagen, als ich auch wollen thun
vnnd mir ein Rechnung lassen machen, die ich
ober die meine bey drey hundert Gulden nit ver-
zert haben vnnd dobey gesagt wiewol ich solcher
Rechnung nit gesteen, noch dannocht wol ich
mich nit gernn vnwilligen doch kan Ichs nit also
bar bezallen steen auch jetzt der Zeit In meinem
Ver-

Vermogen nit aber in eim Jor drey hundert
Gulden vnnd darnach was erber Leut erckennen;
wol ich Jm reblich entrichten, dan solt Jch
Jm vil verheissen, vnd nit halten, wer mir
verweißlich vnd Jme auch nochtheillig, solchs
ist mir nit abgeschlagen noch zugesagt, hab nit
anders vermeint, dan es pleib dabei, bis das
ich hab wollen Vff seyn hat der Wirt sambt sei-
ner Freundtschaft als baar bezalt wollen sein,
hab ich mich dreyhundert Gulden anzugeben be-
willigt vnnd das andere wie ein Rath erten
zu bezallen, ich hab deshalb frum Dapfer reblich
leut zu euch in Rad geschickt, auch zum Theil
mundlich gebetten, vnnd dabey erbotten, wo
der Wirt sich an meinem Erbenn reblichen er-
bieten nit wol benugen lassen, sol ein rath des-
halb mein zu recht vnd aller Billigkeit mechtig
sein, was sie zu recht erckennen oder vsserhalb
rechts billichen mogen, dem wol ich vn alle We-
gerung nachkummen, das doch ye wan ich ein
Dårck wer, mich genug erbotten, aber das ist
mir von euch im Rabt alles abgeschlagen, son-
der mich nit bey recht oder Billichkeit gehandt
habt, sunder mich zu Schmach nach des Wirts
gefallen lassen bringen, als ob ich nit trawen
oder Glauben mein Schuld zu bezallen hett, wie
wol ich dem Wirt ein Brieff fur tausendt Gul-
ben hab eingesetzt, vnnd In Jme noch folgent
wol-

wollen laſſen, vff daß er beſtweniger Mißglau-
bens in mich ſollt ſetzen, dem allem ſey wie Im
well, will Ichs Jetzo zumoll vff ſeinem Wert
beſteen loſſen, vnnd wil aber ewerm Wirt bey
Rechnung gar nicht geſteen, vnb des guten er-
bern grunt vnnd Bericht anzeigen. Erſtlich hab
ich Ewern Diener Jeckle von Alhauſſen als
mein Hawsfrawe in nechſter kindpeth gelegen,
zu dem Wirt vnb Wirten geſchickt, ſie loſſen
frogen, was ich doch bey Im verzert, haben
ſie vierthalb hundert Gulben angezeigt, nun
hab ich aufgerechnet, das ich in drey Viertel
Jors mer muß verzert haben, dan vor in drey
Joren vnd ob es Jecklen nit wolt geſteen das
ich mich nit verſihe, ſo hat es ein frommer vom
Abel von ſeiner nechſten Freundt einem auch ge-
hordt, ſo iſt auch ſein geferlich Rechnung wol
auß dem zu verſteen das er mir wol halb als
vil on grunt anzeigt, als des ſo er mit Grunt
anzeigt Ich verzert haben ſoll ꝛc. Item, do ich
nichts vmb weyß vnd Im gar nit geſteen, er
mags auch mit keinem guten Grundt anzeigen
das alles iſt aus dem wie obgemelt abzunem-
men, das er ein geferliche Rechnung thut, ſo
hat mir ſein Weyb die Wirtin vierzig Gulben
wollen verlaugnen das Ich geſehen, das Ir
mein Hawsfrawe in eim ſchwarzen Hut geben
het, vnb wo es zum rechten ſolt kumen, wolt

ich

ich wie zu recht genug were anzeigung geben (wie
wol alſo geferlichs.) wol vnrechtlicher Weyß
mit mir wurt gehandelt, vnd ich mein ſondern
guten Freundt, der ſich alweg erberlich gegen
mir erboten vnd bewißen Conrat Erern (er war
Burgermeiſter in Heilbronn) Zuſagung thon,
Im vff Martini funff hundert vnd zwen vnd
Funffzigk Gulden zu ſchickhen, die ich dem Wirt
nach laut ſeiner vngruntlichen Rechnung ſchul-
big ſein ſol, die ich Im alſo hiemit zeiger diß
Brieffs zuſchick iſt mein gutlich begern an euch
vom Rath ſolch Fünffhundert vnd zwen vnd
Funffzigk Gulden bey Conrat erern in Bot zu
legen, biß zu einer gruntlichen Rechnung wie
dan erber Leut erckennen mugen, das ich in der
Zeit nach meins Weibs Kindbet verzert hab,
alsdan ſol was ſich erfindt Im volfomenlich Be-
zalung geſcheen, wil mich dorvmb zu euch vom
Rath verſehen, Ir werdt wie billig geſchicht,
meinem begern vnnd Schreiben nach fumen, ſo
es aber nit geſchicht, kan ich euren guten Willen
ſo hievor vnd jetz als das ſpuren. Datl. am
Tag Martine Ao. ꝛc. 22.

Götz von Berlichingen der jung.

P. Stum.

Vnd noch dem ich dem Wirth hievor zwey
Hundert Gulden bezalt iſt mein Meynung Im
jetz

jeß noch anberthalb hundert Gulden zu geben.
vnd das Vberig zu hinberlegen findt es sich
dan an erberer rechnung das ich seint meins
Weibs kindpeth das Vberig verzert, so wil ich
kein Wegerung hirin thun, find es sich aber
nit, wil ich mich was mir geburn will auch bar.
In halten, hab ich euch barnach zu richten auch
nit wollen bergen.

Auffschrifft.

Denn Ersamen Weysenn Burgermeister vnnd
Rathe zu Heylprun Ich solt schreiben
meinen guten freunden vnd Nachtparn
wo ichs dermassen befundt.

39.

Der Stadt Antwort Schreiben, Freytags nach Martini Ao. 1522.

Vnser willig vnd fruntlich Dienst zuuor
Edler Vester sunder gutter Freundt vnd Nachpar.
Euer ꝛc. Schreyben des Datum am Tag Martini Ao. ꝛc. 22. stet, vns yezund zu komen, haben Wir vernomen vnd horen lessen, vnd Anfangs was euch wyderwertigs begegnet, ist vns
nie lieb gewesen, sondern allweg Wol mogen erleyden es were euch nach allem ewern Wolgefallen ergangen, dan wir weder freud noch Lust
darin

darin gehapt. Am andern bißen des Würts zur
Kron bey dem Yr gelegen betreffendt haben Wir
Jn beschicket Ewer Schreyben furgehalten vnd
mit Jm laut Yres Jnhalts zu handlen, der Wyll
sich von der Verschreybung Jm durch den Ve-
sten vnsern Burger Conrad Erer veberlypfert nit
bereden lassen, sondern begert Jnhalt derselbi-
gen seine Bezallung vnd wan das geschen, were
dan deshalben Forderung, es treff Rechnung
oder was es well an, welle er sich für Vns als
sein ordentliche Oberckeytt zu recht erbotten ha-
ben, dieweyll er dann vnser gesessener Burger
ist, will vns in vber solch recht bott ferer zu
bringen nit gepuren auch sollichs syn Antwurtt
wellten Wir im allerbesten nit bergen, dan euch
Ern liebs vnd gefallig nachparlich Dienst zu be-
weyssen were Wir all Zytt willig vnd vrbyttig.
Datum Frytags nach Martine 20. 2c. 22.

Burgermeister vnd Rabt zu
Heylbrun.

Auffschrifft.

Dem Edlen vnd Vesten Gößen von Berli-
chingen zu Hornberg vnserm sondern
guten Frundt vnd Nachparn.

49.

40.

Schreiben Götzens von Berlichingen an
Heilbronn, Monntags nach Martini
Ao. 1522.

Ersame Weise ich hab Ewer Schrysft den
Wyrt betreffend verlesen, vnd vermerck das Ir
mich mit verpfenten rechten anzuhefften ver-
meynt vnd hapt mir hyfor rect vnd Bylli-tayt
abgeschlagen, deshalb ich nit schultig weiter vor
euch zu rechten, hab euch jüngst geschryben,
sollich Gelt das mir geferlich abgetrongen in
Gebot zu legen, bis ich hor wy vnd wurfur
ich es schultig geschyt bin ich zu frydten, wil
nit wil ich weyter radt suchen was mir dorinn
zu ton oder geburen vnd noch dem Ir anzaigt
mein Handelung sey euch nyt lieb, hab ich wol
befunden, vnd ye lenger ye mer, dann nach
dem mir ny kain gleichs von euch ist begeget,
also befindt ichs noch, das mich wyder Recht
noch Billickait bey euch furbegt, das wil ich
Got befelen Datum mein Hant Montag noch
Martina im 22. jor.

Götz von Berlichingen der jung
zu Hornbergt.

Auffschrifft.

Den ersamen weysen Burgermaister vnd
rot zu Helbrun ufzubrechen.

F   Der

41.

Der Stadt Antwort Schreibens S. d. et l.

Vnser willig vnd früntlich Dienſt zuuor Edler veſter ſonders lieber Frundt vnd gutter Nachpar Ewer Schreyben vnſer Burger den Württ Lietzen betreffend haben wir vernomen, im ſollich ſchrifft fürgehalten, will keiner geferlichen abgetrungenen Rechnung geſteen, ſonder Bericht Vns wie die Rechnung von denen ſo von euerttwegen wie yr Wyſſent darbey geweſen befloſſen vnd vnderzeychnett bey ſollicher Rechnung.von euch angenommen laß ers belyben vnd wo yr deshalben Vorderung an In zu haben vermeynet erbeutt er ſich nochmals wie vor auch vor vns als ein geſeſſener Bürger ſeiner ordenlichen Oberkeytt rechtens zu ſein So iſt vnſer Wyll vnd Gemüt nit euch zu verpfendt Recht zu verheff'en Begern es auch nit, dan der Wyller ſich rechts für Vns ſein.Oberkeytt erbeutt. kunten wir ihm das als yr ſelber erachten mogen nit ausſchlagen, wollen auch umb was ley Forderung ihr zu Im haben rechts zu Im geſtatten umb des willen auch Wyr rechts vnd Billickheitt bey vns fürzutragen nit mangell laſſen, vnd iſt vns in rechter Warheytt ewer Handel wie vormals nit lyb wyſſen auch

nicht.

nicht zit wiler euch gethan, dan das wir yrselbs wiſſen aus gemüſſigten rang haben tun müſſen wolten Wyr euch im Beſten auf ewer ſchreyben nit bergen dann euch Ern liebs vnd gutte nachparlich Frundtſchafft zu beweyſen, warn wir allzeytt vrbyttig vnd wylig. Datum

Burgermeiſter vnd Rabt der Stat
zu Haylprun.

42.

Extract Michel Amerbachs Urgicht, ohne Jahr und Tag.

Zu bem erſten beckent Michel Amerbach das der Talacker zu ſeinem junckern komen ſey dem Berlicher gen Jagſthauſſen, vnd ben Berlicher gebeten vmb brey pferb, hat der Berlicher geſagt zu Amerbach es iſt ein gutt Geſel vor dem Thor begert brey Pferd wylt du auch einer ſein, hat er zu dem Berlicher ſeinem juncker geſagt, ja, vff daſſelbig iſt er mit dem Talacker geritten, vff ben Nit betreffen bie Wirtenbergiſch.

Zu bem andern beckent er bas bie Puern vß bem Wirtembergiß Land gefangen ſeinb worben ꝛc.

F 2   43.

43.

Der Hauptleute der aufruhrischen Bauern
Schyrm Briefs für Friedrich Weigand
K. kern zu Miltenberg. Amerbach Mitt-
woch nach Mias Dni. 1525.

Wir Goß von Berlichingen zu Hornbergk,
Jorg Meßler von Ballenberg beyde Obreſt Velt-
hauptmenner, Hans Reutter von Byringen
ſchulthayß mit ſampt andern verordneten des
hellen lichten Hauffens, vrkundthen menigklichen
mit dyſem offenen Brieff, das ſich der erber
Friederich Weygans Keller zu Miltenbergk, ſey-
ne Weib vnd Kindt, Hab vnd Güttern, an
welchen Ortten ers hett in Vnſerm Hauffen vnd
Vereynigung begeben hett, vnd mit vns vber-
kummen iſt, deshalben Wir ym ſeynem Weib
Kindern Haben vnd Guttern in vnſern Schuz
vnd Schyrm vff vnd angenommen haben, be-
uellen darauff einen yden wer er ſey, vnd iſt
vnſer ernſtlich Meynung baß gedachter Friede-
rich ſamt ſeinem Weib Kyndern Haben vnd
Güttern weyther vnd hynfür von vns den Vn-
ſern oder meniglichen ganß ongeſchaßt onbeley-
bigt vnd onbebrangt, ſonder wie andere vnſere
Mitbrüder gehalten werden vnd bleyben ſollen,
bey Verlyrung eines yebs Leybs Lebens vnd
Buts. Zu Vrckunde mit Vnſerm gemeynen

Bitts

Bitschner Sigill versiegelt. Datum Amerbach,
Mittwochen noch misericordias Domini, an-
no etc. 25.

44.

**Der Bauern Hauptleute Schreiben an die
Stadt Heilbronn. Donnerstags nach
Marci 1525.**

Vnsere freuntlich willig Dienst zuvor Er-
barn vnd Weysen gunstig lieb Herren vnd gu-
ten Freund, vff der Ersamen vnserer Brüder
vnd guten Freund Haubtleut Burgermeister vnd
verordenten Raten zu Oringaw Schreiben vnd
daneben Monntlichen Angesynnen, haben Wir
vns entschlossen, das sie den Erwirdigen Hern
Hern Erharten Apt zu Schontal vnsern gunsti-
gen Hern, der dieser Zeit bey Jnen zu Orin-
gaw ist, widervmb in eure stat zu seiner Erwir-
ben Hoff gewarsamlichen vnd sicherlichen zu be-
glaiten, damit der alt Herr sein Rue vnd Wo-
nung haben mog, darvmb ist an Eur Erbare
Weißhait vnser diennstlich freuntlich Bit, ge-
dachten Apt vnd die Jbenen so sein Wirden
gern bei Jr haben, dermassen also einkomen zu
lassen, haben Wir Eur Erbare Weißheit, da-
mit sie das ein Wissens empfach vmb Verhütung
verrern Vnrat guter getrewer Maynung nit

F 3   ber-

bergen wollen. Erpieten vns hiemit zu Jren
Dieusten ganz willig vnd berait. Datum Gun‑
delßheim Donderstags nach Marci Evangelistæ
Ao ꝛc 25.

Georg Metzler Oberster, Feldhauptleut vnd
    andere Verordnete des Hellen lichten
    Hauffens.

Nota :

Die in der schon edirten Lebens‑Beschrei‑
bung Götzens von Berlichingen vorkommen‑
de zwegte Urphede, ist ausser den Druck‑
fehlern Gepselschafft für Geißelschaft, Roogs‑
burg für Roggenburg, und der Jahr Zahl
des Fey‑Briefs 1531 für 1530.) mit
dem auf hiesigem Archiv befindlichen Exem‑
plar dem Jnnhalt nach gleichlautend. Die
verschiedene Verhandlungen zwischen Chur
Maynz und Götzen von Berlichingen, die
Beschädigung des Closters Ammerbach be‑
treffend, sind in denen gedruckten Bunds
Abschieden von 1531. 32. und 1533. an‑
gezeigt.

45.

Gök von Berlichingen Urpheb *).

Ich Gok vonn Berlichingen zu Hornburg
Bekenn offentlich vnnd Thue khundt Allermeni-
gelich mit vnnd in Krafft dirs Brieffs Nachdem
Ich in Gemeiner des Hochleblichen Bunds zu
Schwabenn Verhafft vnnd gefangkung zu Aug-
spurg angenomen vnd komen bin, Aber nachuol-
gends, off ein Vrfehds verschreybung, deren
anfang laut, Ich Gök vonn Berlichnigen, zu
Hornburg, Bekenn off.ntlich mit diesen Brieuv,
als Ich vmb woluerschuldt sachenn In ansehenn,
meiner Verschreibung, So Ich hieuor gemeinen
Bundsstanden, vnnd Insonders das Ich mich
In vergangner Pewrischenn Empörung mit dem
abgefallenn, offrurischen Vnterthaten als ein
Haubtmann Ingelassen mittelst laut, vnnd wie
die Burger von dato benambt, Bekennen auch
für Vns vnnd vnsera erben, sambt vnnd sonder,
dieser Burgschafft, vnnd alles anders so vnsernt
halben, hieuer geschriben stedt, geredenn vnnd
versprechenn, bey vnsern guten waren Trewen,
an Aydsstat dem zugeleblichen vnnd nachzukom-

F 4   men

---

*) Es sind zwar Gök von Berlichingen Leben
    2 Vrpheden, eine von 1522. die andere
    von 1530. angehängt: Diese aber ist noch
    nie gedruckt.

men vnd der datum gebenn vnnd beschehen, zu
Augspurg auf vnd, Also vnnd vff Verprechung
solcher Vrfehds Verschreibung, mit der Bezal-
lung fünff vnd zwanzig tausent glb: wiederumb
solcher gefangtnus genediglich, ledig geläffenn,
vnnd aber an das der welgeborne Eblenn vnnd
Ernvestenn, mein genediger Herr Bruder, Vet-
ter, schwager vnd gute freundt, als burgen,
von dato meiner Vrfehds verschreibung, bemambt
an solchen Fünff vnd Zwanzig tausent glb. haubt-
guts, wenig noch vil empfangenn, besonder vff
mein Getzen von Berlichingen, Emssigs hoch-
fleissigs bittenn vnnd aufuchenn, Also mein vnnd
meiner Erben für sich und Jre Erbenn genedige-
lich vund freuntlich burgen geworden, Alles In-
halts, meiner gegeben Vrfehds vnnd Haubtver-
schreibung, besagen, vnd vnder welchenn, Der
Edel vnnd Ernvest phillip vonn Berlichingen,
mein freuntlicher lieber bruder, der burgen ei-
ner vnnd sein Jnsigel zu dem meinen vnd der an-
dern burgl. Jnsigelnn an die Vrfehds verschrei-
bung gehangl. Hirvff geredt gelob vnnd versprich,
Jch Erst gemelter Getz vonn berlichingl., zu
Hornburg, für mich alle mein erben vnnd Erb-
nemen, bey meinem rechtenn, gutenn waren tre-
wen, ern vnnd glaubl., an eins geschwornen
aydsstat, gedachten meinen Bruder seine Er-
benn, auch die andern burgl. Jre erbl. unb Erb-
ne-

Burgschaft

nemenn, ſolcher Burgſchaft, alles mit bezallung,
des Haubtguts, fünff vnnd zwantzig tauſent glb,
reiniſcher genemer landeswerung, deren
leiſtung, oder anderer vff Steigenden; cöſtl.:
vnnd ſcheden, ſo ſie vß mein meiner erbl. Vnnd
Erbnemen, nithaltl., des der, almächtig In
alweg, verhütten wol, dieſer Burgſchafft erlittt.
vnnd empfangl., wie daßelbig beſcheenn vnnd vff
kiein Gotzeen, vnnd meiner Erben, Vrfehds
verſchreibung Erwachſſenn, were oder werden
mecht in alle weg on einichenn Jr aller Coſtenn vnnd
ſchebenn, zu entheben zu ledigen vnnd ganz ſchad-
los zuhalten, alles bey verpfändung onnd verbin-
dung aller mein Gotzen von Berlichingenn, mei-
ner Erbenn und Erbnemenn, habe vnnd guter,
jetziger und kunfftiger, Sÿ ſeyenn beweglich
oder vnbeweglich, ligendt oder varend, eigen
oder lehenp, vnder oder oberhalb der erben, ge-
ſucht oder vngeſucht wie das alles namen geba-
ben oberkomen mecht, nichtzi t darvon vßgeno-
men, zu gleicher handt, ſambt vnnd ſonder Jne
darvmb Jnnenſteen, vnnd verhaft ſein, Vnd ſo
Ich Gotz vonn Berlichingen meinErben Erbenmen,
ſolcher entſedigung, oder Inhalts dieſer verſchrei-
bung, einichen mangel lieſſen, ſnd nit wie ob
vnnd nachgemelt hieltl., das doch bey ohgedach-
ten, vnſern waren treweu ern glaubem Vnd
aydenn nit ſein noch geſcheenn ſoll, Vorhabenn

F 5 als.

alsban gemelter mein Bruder seine erbl., auch die
andernn burgl, Jre erbl. vnnd Erbnemenn, sambt
vnnd sonder mich meine erbl. vnnd Erbnemenn
darvumb Jnleistung zumannen, gein Heilpronn
oder Wimpffheim der Ort eines Jnen gelegt. Do-
hin Jch Goß vonn berlichingl, oder mein erbl. ge-
mant werdenn, in eins offenn erbern gastgebenn,
Wirthßhaus zustund an Erstlichen zwen monat
lang, jn en reissige knecht, vnnd zwey leistpare
pferbt, Jn a bttagenn den nechstey:, nach solcher
beschehener manung, Jnleistung schickenn sollen
vnnb wollen, vnd so mitler zeit der zwier monat,
die berurten funffend zwanzig tausent glb., nit
bezahlt worden werenn, alsdann sollen vnnd wol-
len Jch Goß von berlichingen oder mein Erben,
auch erbnemen, vns zustund an on einich weiter
manug, vnd nemblich, das Jch Goß vonn Ber-
liching. oder mein erbenn vns oder vnsere erbenn,
Jeder mit sein selbst leib, sambt einem reissigen
knecht, vnnd zweien leistparn pferden, Jnlei-
stung stellenn Vnd so dann einer wurd abrei-
tenn, sol alspald der ander erschein vnnd einreit-
tenn, vnnd also keiner off den andern verharren,
warthen oder verziehen, das Jnnen liegen haltenn
vnnd leisten recht gewerlich vnverbingt geiselschaft
noch leistens recht herkomen, vnnd geprauch, vnnd
auß der leistung nit komen, nach bere vmb kei-
nerley Sachen willen, ledig sein noch offherenn,
                                                    obge-

obgedachtem meinem Bruder Phillipsenn, seinen
erben auch ben andern burgenn Iren Erben
vnnd Erbnemen, seyen ban zuuor, vmb haubt-
gut, der Funff vnd zwantzig tausent glb., sambt
allen Jren erwachssen, erlitten vnd empfangl. Ce-
stenn vnd scheben, wie sich die zugetragen, aller bing
gantz vnnd gar, erlebigt vergenugt ausgericht vnnd
bezalt. Vnd genanter mein bruder sein erben auch
die andern burgl Ire erben vnnd erbnemenn
habenn das also wie vorstet schabenn genomen
ober nit ober Ich Gotz vonn Berlichingen mein
erben vnd erbnemen, sambt ober sonderlich, seyen
also inleistung gemant ober Ich ober mein erben
vnnd Erbnemen, leistenn ober nit, so habenn
nicht bestern inder genanter mein bruder, phil-
lip, vonn berlichingen seine erben, auch die an-
bern burgen Ire Erben vnnd Erbnemen, vnnd
Wer Jenen des verhilfft wan sie wollen vollen
gewalt, gut, macht vnnd erlaubt recht, on ge-
richt, vnnd on Clag, ober ob sie wollenn, mit
gericht, geistlichem ober weltlichem vnnd mit
Clag, mich mein erbenn vnd Erbnemen, sament
ober sonderlich an vnsern selbst leyben, dazu an
allen, vnsern leuten vnnd guten ligenden vnnd
varenden allenthalben vnnd vnnerscheidenlich,
wie Inen gelegen, Ebent vnnd gefallig Darymb
anzugreiffenn zu nottenn vnnd zu pfandenn wie
und wo sie das bekomen megl., vnd wie Inen

das

das.am beſtenn fuget, alles ungefreuelter ding,
gegen allermenigelich, Darzu gegen Niemant
Hochs oder Nibernſtands gehandelt noch gethann
haben Darvor auch mich Geßenn vonn Berli-
chingen, mein erben vnnd erbnemen, noch auch
kein veſter leut noch guet, ligends vnnd varends,
ſament noch ſonderlich, nichts it freyen friden,
ſchirmen, ſchuzen noch bedencken ſol, kein frey-
hung, genab aynung, Bundnus gelait, gewalt,
gebot, noch verbot, wie das vonn bebſten remi-
ſchen keyſern vnnd kenigl., oder ben Jren gewal-
ten gegeben, oder künfftigelich erlangt, vnnd ge-
benn werden mecht, weder gericht noch recht,
geiſtlichs noch weltlichs noch ſonſten nichtit an-
ders, Das gemant hiewieder zu ſchirm vnnd be-
ſchuzung erbacht oder yemer erdencken mocht,
dann Ich obgenanter Göß fur mich alle mein
erben vnnd erbnemen, ſamentlich vnd ſonderlich
des vnnd alles beſchirmbs vnnd behelffs, vnnd
ſonderlich des gemeinenn geſchrieben rechtens,
vnnd landlauffigs prauchs, das gemeiner ver-
zigt ſo nit ſonberung hat, wider ſpricht, gegen
gemeltl. meinem bruder ſeinen erben, auch den
andern burgen Jren erben vnnd erbnemen, hie-
mit vnnd in Crafft dits Brieffs, gar vnnd ganß-
lich verziehenn vnnd begeben habenn ſo lang,
vil vnnd genug biß gebachtem meinem bruder
philiplen ſeinen erbl. auch den andernn burgenn

Jren

Jren Erben vnnd Erknemen, vmb die vil be-
stin pten Funff vnd zwantzigk tau ent glb., rei-
nischer Haubtguts, vnd landswerrung, darzu
aller Jrer dieser sachenn vnnd burgschafft, off-
geloffen, Erlitten Costenn vnnd schedenn, wider-
legung, abtrag, vergnugung vfrichtung vnnd
gantz aller Ding vollkomene Bezallung, gescheen
ist, vnnd vmb solchenn schat en, alweg Jren
schlechten Worten an aybt noch recht oder aini-
ge ferer bewerrung zu glauben, Solches alles
hieobenn geschriebl. Gerede vnnd versprich Ich
obgenanter Götz vonn Berlichingl., fur mich al-
le mein erbl. vnnd erbnehmen, bey vnsern guten
warl. trewen, vnnd ern an rechter leiplicher ge-
schworner aybs stat, war steet vest, vnnd vnuer-
brochenlich zu haltenn, darwider nit zu sein zu
reden auf zug zu suchenn, zu hanblen vnnd zu
thun durch vns selbst oder yemant anbern, von
vnsernt wegenn zuthun schaffenn, oder gestatten
zu gescheen gethann werden, in kein weiße noch
wege wie menschen sie erdencken vnd furnemen
mecht alles getrewlich sonder geuerbe vnnd gantz-
lich on Araliff, Des zu warem und vestem vr-
khundt, hab Ich megebachter Götz vonn Berli-
chingen zu Hornburg, fur mich mein erben vnnd
erbnemen, mein eigen angeborn Jnfigel an die-
fen schablos vnnd sicherhaits Briue, gehangen
den furter obgedachtem, phillip von Berlichingen
mei-

meinem freuntlichen lieben bruder, er vnd feine
erben ſich des gegen mir mein erbl. vnnd Erb.
nemen, zugeprauchen habenn vbergebenn, vnnd
zu noch merer gezeugtnus dieſer Ding aller, mit
Vleis gebettene vnnd erbetten, Die Edlen vnnd
Ernveſten Hanßen vnd wolffen von berlichingen
gebruder, Caſpar, von Weiler, vnnd Eberhard
vou Frawenberg, Vogt zu lauffen, mein freunt.
lich lieb bruder ſchwager vnnd ſondern guten
Freundt, das Ir Jeder ſein eigen angebern In.
ſigel zu dem meinen, an dieſen briue gehangen
hat, mich Göten von berlichingen, mein erbl.
vnnd Erbnemen obgeſchriebens darmit zu beſa.
gen, ſolcher beſiglung wir Jeßo genanten, von
fleiſſiger bit wegen gedachts vnſers bruders
ſchwagers vnd ſondern guten Freundt alſo ge.
than haben, Bekennen wir fur vns vnßern er.
ben vnd erbnemen, In alweg on ſchaden, ber
geben Iſt am Donnerſtag nach Sandt Micha.
hels tag, Nach Chriſti vnſers lieben herrn ge.
burt, tauſent funffhundert zwanßig vnd Neun
Jare.

(L.S.) (L.S.) (L.S.) (L.S.)

Dieſe 4. Sigillen ſeynbt wegen Länge ber
Zeit im Original beruntergebrochen.

Kurßer

64.

Kurzer Bericht über des berühmten Rit-
ters Goß von Berlichingen Gefangen-
schaft in Heilbronn, 1519 — 1522.
Ein Auszug aus den im Archiv die-
ser Reichsstadt darüber vorhandenen
Acten.

1.

Nachdem der zu Möckmühl gefangne Göß
hieher gebracht worden, stellte die Stadt dem
obersten Feldhauptmann des Bunds, Herzog
Wilhelmen von Bayern, einen Revers aus:
Ihn niemand abfolgen zu laßen, auch nichts bis
auf fernere Befehle von dem Bund gegen ihn zu
gestatten. — Eben dieses ist auch der Inhalt des
zu gleicher Zeit an Herzog Wilhelm ausgestellten
Reverses. Sonntags Exaudi werden hiesige auf
den Bundstag zu Eßlingen Abgeordnete mit ei-
ner Urfehde und der Instruction von Bundes
wegen abgefertiget: Gößen Urfehde vorzule-
gen, und wenn er sie zu beschwören sich wei-
gerte ihn in einen Thurn zu stecken, aus welchem
er nicht eher zu entlaßen wäre, er hätte sie dann
abgeschworen, wobey jedoch ein eingelegter Zet-
tel sich befindet, daß Göß von seiten Herzog
Wilhelms des Lebens und gegen ein ewiges Ge-
fäng-

fängnis gesichert wäre, der Rath hätte sich dar-
nach zu richten. Götz beschwor diese Urfehde
nicht, weil ihm die Bezahlung der 2000 Gul-
den für die Knechte, die ihn fiengen, beschwer-
lich für kam, auch seine Freunde Sickingen,
Frontsperg und andere seinetwegen in Handlung
begriffen waren in litt. H. B. an hen Bund. Mit
dieser Antwort reißten der Syndicus Magister
Grienbach und Hans Bertin auf den Bunds-
tag zurück, wohin ihnen durch Conrad Evern
und Hans Weißbronn zugeschrieben wurde:
Sie möchten allen Fleiß ankehren diesen Auf-
trag abzuwenden, welcher die Stadt in großes
Unglück bringen könnte. Herzog Wilhelm hät-
ten Herrn Jörgen von Frontsperg an den
Rath abgeorgnet mit dem Befehl: Er hätte Göt-
zen in ein ritterlich Gefängnis und Herberge vet-
tagt und soll daher die Stadt keine Gewalt gegen
ihm gestatten. Deßen ungeachtet wurde M.
Wolf Grönninger Eßlinger Syndicus, von
dem daselbst versammelten Bunde, mit eben
dem Befehl abgeschickt, wobey jedoch der Artickel,
den die Fehde betraf, dahin gemildert wurde,
daß Götz nicht für beständig, sondern so lan-
ge dise Fehde währte, die Feindseligkeiten ein-
zu stellen sich verbindlich machen sollte. Diesem
Comißario wurden noch aus hiesigen Rath bey-
gefügt; Burgermeister Caspar Bertin, Michel
Hunger-

Hungertin, Alt Schuldheiß Hans Bertin, Schulbheiß Blth. Steinmez, Hans Spezn, Wolf Engelhart, Ludwig Meyßner, Johann Beldermann, Ulrich Meng, und Conz Weißbronn,

Göz, welcher in den Thurn gesezt war, entließ aus demselben, (an den Rath, oder die Commißarios) ein eigenhändiges Memorial: Es befremde ihn, daß man ihm zumuthe Schatzung und Abzug zu zahlen, und in einen Diebsthurn gelegt, da er sich doch gehalten, wie einen frommen und ritermäßigen von Abel wohl ansiehe, ihm auch ein ritermäßiges Gefängniß versprochen sey: Man möchte in seinem Nahmen die Bunds-Stände bitten, von diesem Punkt abzustehen und die Unbillige Ungande gegen ihn ablegen, auch auf folgende Artickel ledig zählen. 1) Gäbe er zu bedenken, daß er sich ohne seine Freunde, die gegenwärtig seinetwegen in Handlung begriffen wären, in nichts einlaßen könnte. 2) Dennoch aber wolle er sich an den Kaiser ergeben. 3) Wenn dieses nicht zugestanden würde, wolle er schwören, sich Herzog Ulrichs während der Fehde nicht anzunehmen. 4) Seine Händel mit einigen Bundes-Ständen, durch den Kaiser entscheiden-laßen. 5) Von dem Landsknechten sey er nicht geschäzt worden, er glaube daher, ihnen nichts schuldig zn seyn.

G 2.

2.

Weil Heilbronn muthmaßte, daß dieser Vor-
gang ihr von Gözens Freunden Widerwärtig-
keiten zuziehen könnte, so ersuchet sie die benach-
barten Reichsstädte, sich auf allen Fall mit der
eilenden Hülfe gefaßt zu halten. Samstags nach
Exaudi erschien auch ein Schreiben von Fran-
zen von Sickingen, und denn bey ihm sich
befindlichen Grafen, Herrn und Reutern aus dem
Lager zu Lenzingen, welche dem von Berlichingen
das ritterliche Gefängniß, welches ihm verspro-
chen, und von hiesiger Stadt garantirt sey, ge-
halten wißen wollten, in Weigerungsfall würden
sie vor Heilbronn ziehen, und feindlich handeln.
Kurz darauf begert auch Herr Jörg von Front-
sperg Bericht in der Sache. In dieser Noth
verlangte die Stadt eilende Hülfe von der östet-
reichischen Regierung zu Stuttgärt, wobey zu-
gleich erzählt wird, Göz hätte sich bey Ankün-
digung seiner Einthürmung, zur Wehr gesezt,
und daher mit Gewalt gefangen genommen wer-
den müßen und von dem Hauptmann der Stadt
des Bunds Ulrich Arzt, welcher leztere auch
ersucht wird einen Bundstag zu veranstalten.
Die Hauptleute des Bunds berichten dieses so-
gleich den kaiserlichen Comißariis welche auf der
Stelle Abmahnungsschreiben an den von Front-
sperg erließen und worüber sich Frontsperg sehr

be-

beschwert. Die Regierung zu Stuttgart schickte
der Stadt den Lt. Königspach zu, sich seines
Raths zu bedienen und einige mit ihm ins Sibin-
gische Lager abzuordnen, diesem Edelleuten vor-
zustellen, sie möchten die Sache auf dem näch-
sten Bundstag vorbringen, und nicht so gewalt-
thätig zu Werke gehe: versprach auch 400 Knech-
te zu Hülfe zu schicken.

3.

Die Stadt entschuldig sich in der Antwort
an Herrn Jörg von Frontsperg mit dem Be-
fehl des Bunds, welchen abzuleinen sie Gesand-
te, aber ohne Nutzen, auf den Bundstag abge-
fertiget hätte, bezeugt dabey ihr Beyleid, und
berichtet zugleich man hätte Götzen aus dem
Thurn in eine lustige Stuben auf das Rathhaus
gebracht. Frontsperg versprach hierauf sein
möglichstes zu thun, die Reuter zu befriedigen,
schickte auch seinen Lieutenant Jacob von Warte-
naw hieher, die Sache mit Götzen zuvermitteln
Die Stadt ersuchte aber Herrn Jörgen selbst,
sich hieher zu begeben, welcher auch kam, und
folgenden Vergleich zu Stande brachte. 1) Soll
Götz wieder in die ritterlich Herberg zurückge-
bracht. 2) das ritterliche Gefängniß durch Heil-
bron auf ein Jahr versichert und niemanden gegen

ihn

ihn etwas gestattet werden, er werde denn von
Herzog Wilhelm oder des Bunds Kriegsräthen
vorgeladen. 3) Wenn einer aus Götzens
Freunden, einen aus dem Bund niederwürfe,
sollte dieses Götzen zu seiner Befreyung nichts
helfen. 4) Nach Verfluß des Jahrs soll das
ritterlich Gefängniß erstreckt werden. Der Stadt
Verschreibung gegen Götzen, das ritterlich Ge-
fängniß aufs neue zu halten. Frontsperg und
die Stadt berichteten dieses Vergleich an die
Bunds-Versammlung, wobey sich leztere be-
schwehrt, daß man Götzen hieher vertagt, oh-
ne dabey anzuzeigen, in was Maas es gesche-
hen söll. Während daß dieses vorgieng erhielt
Frontsperg die Abmahnungsschreiben, weswe-
gen er sich gegen Heilbronn beklagt, daß man
ihn bey dem Bunde hart verunglimpft hätte.
In dem Antwortschreiben wird er versichert,
daß den hiesigen Abgeordneten auf den Bunds-
Tag schon Befehl gegeben worden, seine Bemü-
hung in Beylegung der Sache zu rühmen, und
die Stände eines andern zu berichten; wobey
ihm die verlangte Copien seiner Schreiben über-
schickt worden.

4.

Die auf den Bundstag nach Nördlingen
abgeordnete Burgermeister Bertin und Syndi-
cus

ens Grienbach berichten den ganzen Hergang
der Sache, und stellen vor, daß der Bund durch
diesen Vergleich von vielen Feinden befreyt wor-
den sey, man hätte übrigens Heilbronn, als ei-
nen entlegenenn Ort, mit einen solchen Gast wohl
verschonen können. Die abgeordneten berichte-
ten die Zufriedenheit der Bunds-Stände über
den Vergleich.

notentur in Lit. Syndici *Grienbach* verba:
„Nun feyern wir nit, Vnd bestechen einen nach
„dem andern vnd befinden nit args, der Hoff-
„nung es solle gut werden; ausgenommen,
„zweyen die yren Vnradt in den Weg wer-
„fen ꝛc. ꝛc.„

Vorschreiben Götzens von Berlichingen,
Anverwannten und Freunde für ihn, an das
Kriegsheer des Bunds, ihn entweder ledig zu
lassen, oder dem Kaiser auszuliefern.

§.

Weil auf dem Bundstag von Götzens Los-
lassung gehandelt werden soll, so ersucht Heil-
bronn, den Hauptmann Ulrich Arzt, und Dr.
Peutingern, Augspurgischen Syndicum, die Ur-
fehde so einrichten zu lassen, daß ihrer darinn
namentlich gedacht sey, weil sie sonst von Sei-
ten des von Berlichingen und seinem Anhang,

G 3   wegen

wegen deſſen, was ſie von Bunds wegen an
ihm hätten vollziehen müſſen, viel Verdruß zu
gewarten hätten. Beyde verſprechen es. 1520.

Franz von Sickingen ſchreibt an Heil-
bronn, er habe vernommen, man werde Götzen
aus der Stadt anders wohin führen, er hoffe
die Stadt werde es, vermöge des unter ihnen
errichteten Vergleichs nicht zugeben.

Der zu Augſpurg verſammelten Bundsſtän-
de Geſandten, erlaſſen Götzen die 2000 Gul-
den auf Ratification ihrer Obern. 1521. Dien-
ſtag nach Franciſci. 1522 unterſchrieb endlich
Götz die Urfehde, wodurch er ſich verbindlich
machte: 1) 2000 Gulden nebſt der Atzung zu
zalen. 2.) Der Gefangenſchafft wegen nichts
feindliches auszuüben. 3) Lebenslänglich mit
den Ständen des Bunds den Frieden zu halten.
Conrad Thumm von Neuburg, Würtember-
giſcher Erbmarſchall, Dietherich von Weiler,
Conrad Ever, Wolf Xav von Winnenden
leiſteten Bürgſchafft vor die 2000 Gulden.

6.

Götz wollte, laut ſeines Schreibens an
den Rath, bey ſeiner Entlaſſung dem Wirth,
weil er das Geld ſogleich nicht aufbringen könn-
te innerhalb 1 Jahr 300 Gulden und das übri-
ge nach dem Ausſpruch erbarer Männer bezah-
len;

len; aber der Wirt verlangte sogleich die 300
Gulden baar, und das übrige nach der Erkennt-
nis des Raths. Nun hätte er, Göz, bewilligt,
daß der Rath darüber erkennen möge; es sey
aber alles sein Erbieten nicht angenommen wor-
den, da er doch dem Wirt einen Capital-Brief
von 1000 Gulden zum Versaz angeboten. Ob
er nun gleich dem Wirt lieber 100 Gulden mehr
als weniger gegeben hätte, so ziehe er doch jezt,
weil er sich so gegen ihn betrage, seine Rech-
nung in Zweifel; er hätte ihn übernommen,
und die dreyviertel Jahr, da seine Hausfrau
bey ihm, und im Wochenbette gelegen 350 Gul-
den, und also mehr als ihm in 3 Jahren, da
er nicht mehr als 300 Gulden verzehrt, ange-
sezt. Der Wirt läugne 40 Gulden empfangen
zu haben, die ihm doch seine Frau bezahlt. Er
überschicke hiermit 552 Gulden, welche bey sei-
nem guten Freund Conrad Evern in Gewot
gelegt werden sollten, bis durch den Ausspruch
erbarer Leute entschieden wäre, was er diesen
zu bezahlen hätte.

Mit diesem Vorschlag war Diez nicht zu-
frieden, laut Antwortschreibens des Raths, son-
dern wollte, daß, wenn Göz sich vor übernom-
men halte, er ihn allhier als vor seiner recht-
mäßigen Obrigkeit, belangen sollte, welches ihm
der Rath nicht versagen konnte.

G 4   Göz

Göz antwortet: Er könne sich vor dem
Rath nicht mehr einlassen, weil ihm vormals
alles Recht und Billigkeit abgeschlagen worden.
Würde man das Geld nicht in Gebot legen, so
werde er sich anderwärts Raths erhohlen, was
zu thun sey.

Einige Bemerkungen zu der 1731. und 1775.
zu Nürnberg herausgekommenen Lebens-
beschreibung Götzens von Berlichingen.
Heilbronn und dasige Gegend besonders be-
treffend.

ad pag. 1. Herr Hanns Hoffmann ꝛc. Er
wurde 1561. Burgermeister, starb 1575.
Herr Stephan Feyerabend. Er wurde
1555. Syndieus.

ad pag. 15. Hans Berlin. Er war aus einer
alten angesehenen Familie in Heilbronn.
Der letzte davon starb in den 1730ger
Jahren zu Nürnberg.

ad pag. 44. Zu unserer lieben Frauen. Zur
Nessel. War ein Carmeliter Closter auf-
serhalb der Stadt, welches nunmehr ab-
gebrochen ist.

ad

ad pag. 45. **Talacker.** Sein ganzer Name hies Hans von Massenbach genannt Thalacker. Er hat sich von 1502, bis 1505, durch seine Fehde mit dem Schwäbischen Bund und Herzog Ulrich von Würtenberg bekannt gemacht. Seine Güter lagen ohnweit Heilbronn.

ad pag. 46. **Kapffenhart.** Ist vermuthlich heut zu Tage Köpfer, und eine in Heilbronnischer Markung gelegene walbigte bergige und also zu diesem Geschäfft sehr bequeme Gegend.

ad pag. 148. **Constenz.** Hier irrt Götz von Berlichingen; es war der Syndicus, Magister Wolfgang Gröninger von Eßlingen.

Ueber=

Uebersicht
der hierin enthaltenen Documente.

1. Götzens von Berlichingen Schreiben an die Reichsstädte Heilbronn und Wimpfen seine Fehde mit Nürnberg betreffen D. Jacob Abend 1512.

2. Extract Schreibens Ulrich Arzts, Hauptmanns der Städte des Schwäbischen Bundes und Burgermeisters zu Augspurg an die Reichs. stadt Heilbronn. Sonntag nach Bartholomä 1513.

3. Extract Schreibens von eben demselben, Freytag nach des heiligen Creuzes 1513.

4. Extract Schreibens von eben demselben, Sonntag vor Allerheiling 1513.

5. Feindsbrief des Schwäbischen Bundes an Göz von Berlichingen von eben diesem Jahr.

6. Extract Schreibens des Schwäbischen Bunds. hauptmann Arzts, Montag nach Oculi 1514.

7. Eben dasselbe Freytag nach Ostern 1514.

8. Kaiser Maximilian II. Entscheidungsbrief in Sachen der beschädigten Bundsverwandten gegen Göz von Berlichingen und Consorten von eben diesem Jahr.

Vor.

Vorstehende Beylage betrefen deffen Fehde mit
Nürnberg, die folgenden von n. 9 — 10
betrefen die so er mit Mainz hatte.

9. Extract Schreibens des Hauptmanns Ulrich
Arzts von Heilbronn am heiligen Pfingstag.
1516.

10. Extract Schreibens von eben demselben,
ohne Jahr, vermuthlich aber von 1516.

Folgende von n. 11 — 42. betreffen deffen Feh-
de mit dem Schwäbischen Bund und seine Ge-
fangenschaft.

11. Heilbronnischer Revers, deffen Gefangen-
schaft betrefend, Freytag nach Misericordias
Domini 1519.

12. Schreiben der Versammlung des Schwä-
bischen Bundes an die Reichsstadt Heilbronn
Eßlingen Sonntag Exaudi 1519.

13. Extract Relation der Heilbronnischen Abge-
ordneten auf den Bundstag nach Eßlingen
von 1519.

14. Schreiben einiger Heilbronnischer Raths-
glieder an die Heilbronnischen Abgeordneten
auf den Bundstag nach Eßlingen. Dienstag
nach Exaudi 1519.

15. Extract Schreibens der Bundesversammlung
zu Eßlingen, Mittwoch nach Exaudi 1519.

16.

16. Götzens von Berlichingen Erklärung über
die ihm vorgelegte Urfehte.

17. Franz von Sickingen und der bey ihm be-
findlichen Ritterschaft Schreiben, an die
Reichsstadt Heilbronn Samstag nach Exaudi
1519.

18. Jörg von Frontspergs Schreiben an die
Stadt Heilbronn den 11. Junii 1519.

19. Derselben Antwort darauf.

20. Extract Heilbronnischen Schreibens an die
Würtenbergische Regierung, Freytag nach
Exaudi 1519.

21. Jörg von Frontspergs anderweites Schrei-
ben an Heilbronn, den 13 Junii 1519.

22 Extract der Stadt Antwortschreiben, Donner-
stag nach dem Pfingsttag 1519.

23. Jörg von Fronsperg Urkunde über den von
ihn vereittelten Vergleich, den 17 Junii 1519.

24. Extract Schreibens des Bundshauptmanns
Ulrich Arzts an Heilbronn, Sonntag Trini-
tatis 1519.

25. Extract Schreibens der 3 Hauptleute des
Schwäbischen Bundes an die kaiserlichen Com-
missarien, Sonntag Trinitatis 1519.

26. Eben derselben Schreiben an Jörg von
Frontsperg, Sonntag Trinitatis 1519.

27.

27. Schreiben Jörg von Frontsperg an Heilbronn den 22. Junii 1519.

28. Heilbronnisches Antwortschreiben, Dienſt-tag nach Unſrer Lieben Frauentag Viſitationis 1519.

29. Der Reichsſtadt Heilbronn Inſtruction an ihre Abgeordnete nach Augſpurg, die Recht-fertignng ihres Vergleichs wegen Gözen von Berlichingen Gefangenſchaft betrefend, Frey-tag nach Pfingſten 1519.

30. Extract Heilbronniſchen P. S. an die Abge-ordnete nach Augſpurg, Sonntag Trinitaů 1519.

31. Extract Schreibenn der zu Nörblingen ver-ſammelten Bundesſtände Geſandten an Heil-bron d. d. Samſtag nach Jacobi 1519.

32. Extract Schreibens der Heilbronniſchen Ab-geordneten von dem Bundstag zu Nörblingen ohne Datum.

33. Fürſchreiben etniger von Abel an das Kriegs-volk des Schwäbiſchen Bundes, Göz von Berlichingen Befreyung betrefend, Freytags nach Exaltatis Crucis 1519.

34. Schreiben der Stadt Heilbronn an den Bun-deshauptmann, Samſttag nach Appoſlonia 1520.
35.

35. Antwort des Bundshauptmanns Ullrich Artts, Mittwoch nach Valentin 1520.

36. Franz Sickingen Schreiben an Heilbronn, Vincula Petri 1512.

37 Bürgschafts-Urkunde über Götzens von Berlichingen ausgestellte Urfehde, d. d. Sanct Gallen 1522.

38. Götz von Berlichingen Schreiben an die Reichsstadt Heilbronn, d. d. Mart ni 1522.

39. Der Stadt Antwort, Freytag nach Martini 1522.

40. Ferneres Schreiben Götz von Berlichingen an Heilbronn, Monntag nach Martini 1522.

41. Der Stadt Antwort darauf s. d.

42. Extract Michel Amerbachs Urgicht. Ohne Jahr.

43. Der Heupleute der aufrührischen Bauers Schirmbrief für Friederich Weigand, Kellermann zu Wittenberg 1525.

44. Der Bauernhauptleute Schreiben an die Stadt Heilbronn 1525.

45. Götz von Berlichingen Urpheb 1529.

Verzeichnis von Büchern, welche außer die-
sen bey Johann Bernhard Geyer in
Fürth zu haben sind:

Büschings, Ant. Fr. Unterricht in der Naturge-
schichte, für diejenigen, welche noch wenig oder
gar nichts von derselben wissen, jetzo mit ei-
nem Auszug aus dem Handbuch der Natur
verbunden und durch 20 Bogen illuminirter
Kupfer erläutert, gr. 8. 6 Rthlr. oder 9 fl.

— — eben derselbe mit 20 Bogen schwarzen
Kupfern, gr. 8. 1 Rthlr. 16 Ggr. oder 2 fl.
30 kr.

Bischofs, Carl Aug. lehrreiche Unterhaltungen
eines Vaters mit seinen Kindern aus der Na-
turgeschichte, zum Gebrauch für Knaben und
Mädchen von 6 bis 12 Jahren, mit 7. illum.
Kupfern, quer fol. 1 Rthlr. 8 Ggr. oder 2 fl.

— — eben dieselben mit schwarzen Kupfern,
16 Ggr. oder 1 fl.

Die drey Brüder aus Persien, ein Familienge-
mälde, 2 Theile, 8. 1 Rthlr. 12 Ggr. oder
2 fl. 15 kr.

le Clercs, Peter, Beschreibung einer Himmels-
karte, welche vor das Jahr 1780 aus den
neuesten Beobachtungen gezeichnet worden, und
auf 100 Jahr zu gebrauchen ist, mit der Kar-
te selbst, gr. 4. 1 Rthlr. oder 1 fl. 30 kr.

Coyer, des Hrn. Abr, Reise nach Italien und
Holland, a. d. Franz. gr. 8. 776. 1 Rthlr.
oder 1 fl. 30 kr.

Deliciae Topo - Geographicae Norimbergensis,
oder geographische Beschreibung der Reichs-
stadt Nürnberg, fol. 775. 1 Rthl. 16 Ggr.
oder 2 fl. 30 kr.

Er

Erfahrungen, practische, einer künstlichen Befruchtung der Levkojen, wie dadurch gefüllte Blumen zu erhalten, nebst einer Anweisung, aus Nelkensaamen Bizarden zu ziehen. Mit einer illum. Kupferplatte, 8. 790. 12 Ggr. oder 45 kr.

Etwas zur Beruhigung für Unglückliche, 8. 789. 12 Ggr. oder 45 kr.

Frauenzimmer, das galante und in der Oeconomie geübte, 2 Theile, 8. 773. 1 Rthl. oder 1 fl. 30 kr.

Geschichte des Bairischen Erbfolge-Kriegs, nach Absterben Herzogs Georg des Reichen, gezogen aus Johann Müllners ungedruckten Annalen der Reichsstadt Nürnberg, 8. 10 Ggr. oder 38 kr.

Gesellschaftskarte, neue, in Frag und Antworten, 4 Ggr. oder 15 kr.

— — eben dieselbe, aufgezogen und in einem Kästchen. 10 Ggr. oder 38 kr.

Holl, Phil. Jos. kurzer Unterricht von der Mythologie oder Götterlehre der alten heidnischen Dichter, mit 17 Kupferplatten, 8. 775. 16 Ggr. oder 1 fl.

Kunst-Pforte, die guldene, 2 Theile, 8. 776. 1 Rthlr. 4 Ggr. oder 1 fl. 45 kr.

Lebensbeschreibung, merkwürdige, verschiedener Kaufleute und Handlungsdiener, nach ihrem glücklichen und unglücklichen Begebenheiten, 3 Theile, 8. 771 — 80. 1 Rthl. 10 Ggr. oder 2 fl. 8 kr.

Lehrbuch, systematisches, über die drey Reiche der Natur, zum Gebrauch der Lehrer und Hofmeister bey dem Unterricht der Jugend, 2 Bände mit vielen Kupfern, 8. 778. 4 Rthl. oder 6 fl.